邪惡貓大帝 ④

克勞德

鎖定新目標——征服地球！

邪惡貓大帝 ④

克勞德

鎖定新目標——征服地球！

文／強尼·馬希安諾　艾蜜麗·切諾韋斯
圖／羅伯·莫梅茲　譯／謝靜雯

我叫拉吉，我是一個來自布魯克林的普通小孩，剛剛橫越整個美國，搬到了奧勒岡的艾爾巴。當初被迫搬來這裡時，我一開始覺得很討厭，不過我現在還滿喜歡的。我身邊有媽媽、爸爸，還有一隻非常特別的貓——克勞德！

拉吉

克勞德

　　我的真名不叫克勞德，而是高貴的大王陛下威斯苛。我被放逐到宇宙的另一邊，到了這個叫做地球的落後星球，上頭住著沒毛的妖怪。當初被迫來到這裡的時候，我覺得很討厭，現在我更討厭了。

第 0 章

　　我蹲坐在餐桌上，看著眼前這一片的毀滅場景。我扯破了一顆枕頭、支解了一個盆栽，把我能找到的每只花瓶都推倒了。

　　通常這樣隨意的暴力行動可以大大改善我的心情。不過，今天它們完全遏止不了我的怒氣。

雖然踏上這個悲慘星球以來，我承受了無數的羞辱，但是不管是跟妖怪住在一起，必須自己舔乾淨自己的毛，或是再三遭到敵人背叛，也比不上我三個月前接到的消息。在我的家鄉星球上，我被稱為**愛……愛……狗的**威斯苛。

可惡！

我正準備做一件非常可怕的事情時，通訊器響起了。我衝到地下掩體，是我的爪牙澎澎毛打來的。

「快告訴我，」我說，「你已經說服砂盆星的貓族，我跟那個卑鄙的太空狗不是朋友了。」

「咿……唔，不算有，至高領導。」

「這是不是表示，他們還是叫我愛……——**噁、噁**——愛……狗的威斯苛。」

「噢，不，」澎澎毛臉色一亮說，「他們已經不這樣叫您了。」

我的怒氣和緩下來，希望隨之竄升。那群暴民的情緒終於翻轉了！

「他們更常叫您，呃……」澎澎毛停住，「唔……現在他們改叫您**聞屁股的威斯苛**。」

我用盡我受過的訓練——我戰士靈魂裡的紀律

——壓抑自己，免得投入另一場破壞行動。我的爪子忍住想大肆破壞的衝動。我已經有——**有**——唔，至少五分鐘，不曾感覺到這樣的**憤怒**了。

澎澎毛愚蠢的對我眨眨眼。

「幹麼？」我吼道，「你為什麼用那種表情看我？」

「嗯，我只是好奇，」他說，「是真的嗎？」

「**什麼**是真的嗎？」

「你是不是聞過狗的屁股？」

可惡惡惡！

「或是肥軟的屁股？」

這個澎澎毛真惹人生氣，我掛掉電話，上樓去打算凝神小睡。

進入這種更高境界的貓族意識狀態後，有些事實對我來說鮮明了不少。以我目前的名聲根本不可能重新攻克砂盆星。可是至關緊要的是，我同時繼續維持熟練的征服技巧。如果我不這麼做，邪惡大帝聯盟俱樂部的總司令佐歌會怎麼說？我的當務之急，是征服一個星球——**任何**星球都好，不管有多卑微或多落後。

我自然就想到了地球。

第 1 章

「克勞德！」我進門的時候大喊，在玄關那裡丟下背包，「你在哪裡？」

沒有回應，所以我抓了一把薯片上樓去。他正在我的枕頭上睡覺，考慮到他近來的心情，我決定不要叫醒他。況且，我迫不及待打開電腦上網。因為今天是新的**「視界追蹤」超強版（簡稱 VQ Ultra）**上市的日子！

VQ Ultra 是目前所能買到最棒的虛擬實境頭罩。它非常輕巧、無線、內附六個動作感應器，可以追蹤你的一舉一動。它甚至可以用頭罩來控制相連的無人機。我非買 VQ Ultra 不可！唯一的問題是需要多少錢。

1,286 元——而且這還只是頭罩的價格。加上那些酷炫的配件，總共要兩倍的價格。

我要從哪裡生出這麼多錢？我的零用錢一個星期只有十塊，而且還是在我完成該做的家事之後才領得到。

我彷彿自我折磨般的看著 VQ Ultra 的產品發

表影片，直到電腦當掉爲止。我重新開機，五分鐘之後，它再次當掉。這是我媽的老筆電——從我出生以前就開始用了——除了收發電子郵件，幾乎什麼事都沒辦法做。

幸運的是，我有隻貓可以幫忙修理。

「嘿，克勞德——」

「不要。」

「別這樣嘛，克勞德。拜託啦！」

他對我怒吼。「我忙得不可開交。」

「忙？你明明一直在睡覺！」

「錯。我先是凝神小睡，再來是策略小睡——九個基礎小睡狀態的其中兩個。」

「拜託啦，」我懇求他，「我的電腦一直當掉。」

克勞德甩著尾巴。「用恰當的方式求我。」

我嘆口氣。我很討厭他逼我這樣。

「噢全能的大王啊，您能不能協助卑微、無毛、可悲的人類，修理這台電腦呢？」

「這還差不多，」他說，「讓我考慮一下……**不要**。」

第 2 章

　　當然了，地球幾乎不值得征服，因為它規模小，滿是妖怪，而且位處在宇宙裡不討喜的位置。這就是為什麼邪惡大帝聯盟的其他成員都懶得攻克這裡。

　　儘管如此，小睡之間，我總需要一**點東西**來打發時間。

　　不過，當我思考要怎麼鎮壓地球時，有些問題自動浮現了。最重要的是，不管人類的心智有多軟弱，他們的身體卻強壯無比。

　　既然無法用蠻力制服這些妖怪，我必須使出我高人一等的貓族腦袋。有如古貓所說，**勝利者靠的不是銳利的爪子，而是犀利的心智。**

　　我正在細想有什麼選項時，男孩人類卻抱怨他用來上網的裝置而打斷了我。他想要我修理它，可是它的科技簡陋到難以理解。等於是拿兩根枴杖給我，要我創造出核融合。

　　「你需要這台機器，是為了什麼沒意義的人類目的嗎？」

他解釋說，他想看關於 VQ Ultra 的影片。他告訴我，這個裝置可以戴在頭上，讓使用者在任何可以想像的環境裡看見、聽到與行動。

「他們把這個稱爲『虛擬實境』，」他說，「我想要。」

「哼，**你**當然會想逃離你的現實了。」我說。他沒聽懂我話中過人的機智。

「就像在別的世界裡，在別人的身體裡，」他說，「而且你可以控制他們做的一切。」

我的鬍鬚抽搐。

「你說，控制他們？」

接著，男孩拿出手機來，我們一起看了那個裝置的廣告影片。在弄懂這個可穿戴科技的性能之後，我的皮毛豎了起來。我可以改造這個笨重的人類裝置，用來達到我的目標嗎？

當然了，這個裝置原始得不得了。和我們在砂盆星上管理勞工機器人的設備蠻類似的。接著，我靈光一閃！**殭屍光束**！我最精采的創作！如果把這個人類儀器跟殭屍光束的控制心智電波配對起來，這個可悲的星球就等著被我收服吧！

「妖怪，快把這個裝置拿來，」我說，「**馬上。**」

第 3 章

我不得不向克勞德說明，要得到 VQ Ultra 沒這麼簡單。

「什麼意思？」他說，「只要去虛擬實境店，搶過來就好了啊！」

「首先，沒有『虛擬實境』店這種東西，」我說，「再來，即使有，我們也不能拿了就走。」

克勞德甩動尾巴。「可是，這就是得到東西的方式啊，」他說，「從別人那裡搶走。」

「也許在砂盆星是這樣，」我說，「可是在地球這裡，你想要什麼，就必須**付出代價**。」

「妖怪，只有我的敵人必須付出代價。」

「我講的不是報仇，克勞德，」我說，「我講的是錢。」

「錢！」克勞德吐了一口口水說，「你們妖怪永無止境喋喋不休講個不停的這個『錢』，到底是什麼東西？」

我不大知道要怎麼跟貓解釋錢，即使這隻貓比我聰明。

「有點像是交換，」我說，「有時候我會跟朋友交換看過的漫畫。可是如果我想要新的漫畫，就得到店裡給他們錢。所以基本上我用錢來換那本漫畫。」

　　「啊，所以這個『錢』很有價值，」克勞德說，「是美味的食物？還是異國鳥禽的羽毛？或是掌中型粒子加速器？」

　　「呃，都不是，」我說，從口袋掏出皺巴巴的一元美金紙鈔，「是這個。」

第 4 章

　　「交換」這個概念我懂，這在所有有生物居住的銀河裡都是常見的作法。可是在其他地方，是用等值的東西互相交換——比方說，拿「托葛拉斯魚雷」來換「蛻變機器人」。或是，對伍德星球的松鼠傭兵來說，就是拿堅果來換取他們的軍事服務。

　　可是「錢」——到底是什麼？

　　男孩妖怪把手伸進腿覆蓋物上的儲存囊，拉出一小張紙。「這是一元。」

　　我看過這些綠色的長方形，上面蓋滿粗糙的人類塗鴉。我想當然耳的以為這些是人類醜陋的親戚肖像。可是，這竟然是拿來交換用的？拿來支付商品費用的？

　　「可是這只是紙啊，」我說，「毫無價值。」

　　「唔，對人類來說並非一文不值，因為我們大家都想要。」他舉起更多上頭有老年妖怪的綠色長方形。「如果你把這些都拿去雜貨店，就可以買一磅奶油和一盒牛奶。如果你有 1286 張這個，就可以買一台 VQ Ultra。」

「這些『元』是人類用來互相交換的抽象信用，因為你們都同意它們具有價值，我這樣解讀對吧？」

「差不多是這個意思，沒錯。」

一個奠基在信任的系統？難怪我們在砂盆星上不用「元」這種東西。

「我們只能用錢來購買科技嗎？」

「所有的東西幾乎都只能用這個方式取得。」

雖然「元」的這個概念讓我厭惡，可是只差「VQ」，我就可以完成殭屍光束，而它的原型還埋在我的砂盆指揮中心裡。如果我可以把頭罩控制器、飛行無人機、殭屍光束的心智控制射線結合起來，我就可以好整以暇的從地下掩體攻擊我選中的任何目標！

「好吧，妖怪，」我說，「告訴我，我們要怎麼拿到我們需要的錢。」

「唔，拿到錢的最好方式，」男孩妖怪說，「就是要求爸媽給你一些。」

第 5 章

「門都**沒有**，」媽說，「你生日已經過了。」

「我會還你錢，」我說，「我發誓。」

「你會還我一千兩百美金？」媽雙手抱胸，「怎麼還？」

這個問題我答不出來。

「坐下，拉吉，」她說，「我們應該小聊一下。」

唉，我**好討厭**媽的小聊。

「拉吉，錢，」媽說，「是我們靠努力換取的東西，」在那之後，我的耳朵就關起來了。當爸走進廚房時，她正在說關於存一毛就等於賺一毛的話——這根本說不通嘛。

「兒子，你需要多一點錢嗎？？你可以多做一點家事，」他說，「比方說，替我做個花生醬香蕉三明治！」

我和媽都翻了個白眼。

「照你們付我做家事錢的方式，等我賺夠買VQ的錢，我就已經老了，」我說，「像**你們**這個

年紀。」

「唔，我知道一個不必做家事就能賺錢的方法，」媽說，「辦個二手拍賣會吧。我們才在這裡住幾個月，家裡就已經塞滿了廢物。」她怒瞪了爸一眼。

「搬家的東西都還沒全拆箱整理完！」爸說。

「如果到現在都沒用到，克里胥，」媽說，「那就表示根本不需要。」

「可是，那些箱子裡有我的手持奶泡機！那是我上牙醫學校的時候買的，但一直還沒機會用。」

「這只是證明了我的論點。」媽說。

「可是等我的義式咖啡館開張時，我會需要那個奶泡機，」他說，「克里胥咖啡館！」

媽轉頭對我說：「拉吉，還在搬家箱子裡的東西，全都可以拿去賣。」

第 6 章

　　在人類所謂的「星期六」那天，男孩妖怪開始在車道上的一張大桌子上擺出東西。看他找到這麼多東西來賣，我相當滿意。不管這些東西對任何宇宙中的明智生物來說多沒價值，其他妖怪肯定願意付很多錢來換。這樣我們就能擁有大量的財富了！

　　「順便也把那個討人厭的繩索雕塑除掉吧。」我說，我看著他把黏性小紙——他把它們稱作「價格標籤」——貼在那些物品上。

　　「你是說爸買給你的磨爪柱嗎？」

　　「那對我來說毫無用處，」我說，「我更喜歡他的小腿肚。」

　　男孩妖怪接著走到車庫的角落，那裡堆了幾十個紙箱。

　　「啊，賺錢的好點子！」我說，「那些睡眠小室一定值不少錢，對我來說，在這片野蠻荒地裡，唯一有價值的，就是那些東西了。」

　　「才不是，」他說，「是裝在裡頭的東西可能有價值。」

男孩妖怪往一個箱子裡瞧，臉上掠過令人同情的表情。

「布朗尼。」他說。

男孩妖怪舉起一個看來像是某種熊的生物，我從沒看過這種熊。我伏低身子，擺出防禦蹲姿。那個野獸在冬眠嗎？牠還活著嗎？

沒有。也許牠原本活著，但人類保存了牠的身體。

「這是我的老泰迪熊，」男孩妖怪說，再次伸手進紙箱，「這隻猴子是我六歲的生日禮物，這個是我在園遊會贏到的企鵝……」

這是人類的另一個怪癖。沒有貓族會把填充妖怪放進箱子裡收藏起來。不過，話說回來，我可以理解人類為什麼想要占有比他們更高等的生物模型。

「這些動物——他們的價值很高嗎？」

「是啊，」男孩妖怪說，「**情感上**的價值。」

「這個『情感』價值——表示我們可以得到額外的錢嗎？」

「不是，」男孩妖怪盯著熊的塑膠眼睛說，「這意味著它對我來說比對任何人更有價值。對不對，

布朗尼？」

　　我將熊從他手中揮開。「賣掉！」

　　我越快累積這個人類錢，就越快能夠買到我
需要的科技，好將殭屍光束改造成威力無窮的武器
——開始征服這個劣等星球。

第 7 章

我把其他的絨毛動物玩具都貼了標籤，擺出去，但我就是無法在布朗尼身上貼標籤。到底是什麼樣的人會賣掉自己的泰迪熊啊？

「你拿的是什麼，拉吉？」

是琳荻，她從對街走過來。

「噢，看看這個傢伙！」她說著便將熊從我手中拉走，「有點髒——**嗅、嗅**——有點臭，可是洗過就會很好。他看起來很像**熊抱哥**！你喜歡這個名字嗎，小熊？」

「他叫布朗尼。」我壓低嗓門說。

前門砰的一聲打開了，爸端著一杯咖啡，拿著一把摺椅從屋裡走出來。

「你要來幫忙嗎，爸？」我呼喚。

他哈哈笑。「沒有！只是旁觀，兒子。你做得很棒。」他坐在座位上，啜了一口咖啡，「今天很適合二手拍賣，對吧！」

「嘿，拉吉，這是什麼？」琳荻問。

我爸抬起頭，看到她指著的東西，立刻從椅子

上彈起來。

「噢、噢、噢，拉吉──你以為自己在做什麼，竟然把**那個**拿出來賣？」

「這個壞掉的熔岩燈？」

「對，就是那個熔岩燈！你不能拿去賣。」他一把從桌上搶走，像抱著寶寶那樣捧在懷裡。「抱歉，琳荻，」他說，「這是我以前放在大學宿舍裡的，它就像是我的一部分。」

接著，爸開始從桌上抽走別的東西。「我的磁鐵迴紋針！還有我的**臼齒熊**馬克杯！」

「爸，」我說，「你可不可以回你的椅子那裡，拜託？」

最後，琳荻決定買我的舊大富翁桌遊。我告訴她，那套遊戲的代幣缺了一半，可是她不在乎。她遞了兩塊錢給我。

「我是你第一個成交的客人！」

我接過她的錢，打開筆電。媽要我把每筆買賣都輸入試算表，「要是你哪天開始做生意，這會是個很好的學習！」──可是我的蠢電腦又開始出狀況了。

「我媽媽會修理。她的工作就是，呃，弄電腦

的，」琳荻說，「我可以馬上把電腦帶去我家！」

「好啊，」我說，「謝謝。」

琳荻來過之後，好一陣子都沒客人，我開始擔心這場拍賣會會變成一場災難。不過有一群人突然出現了，他們全都買了點東西。唔，除了住同一條街的瓦勒斯先生。

「這個要賣五塊錢？你想要**五**塊錢？」他舉起一盒沒拆封的耳機問，「你幹麼不去搶銀行？」

除了那些壞脾氣的鄰居，我覺得拍賣會進行得還算順利——直到傳來滑板刮過人行道的聲音。我連頭都沒抬，就知道是誰。

「我還以為這是二手拍賣會，而不是**廢物**拍賣會，」蠍子說，「怎麼回事，垃圾公司不肯收這些垃圾嗎？」

　　蠍子對自己的蠢笑話笑得太大聲，試著跟蝶蜥擊掌，但蝶蜥顯然並不覺得好玩。

　　「好東西都賣掉了。」我咕噥。

　　「噢噢噢，瞧瞧這個！」蠍子說，指著我的絨毛動物們，「這些是小寶寶的**布偶**嗎？」

30

「這個還滿可愛的。」蠑螈拿起布朗尼說。我很驚訝。可是話說回來，蠑螈確實偶爾會說些好話。

「隨便啦。」蠍子說。

「這多少錢？」蠑螈問。

她似乎真心喜歡這個泰迪熊。我又何必捨不得放手呢？反正布朗尼平常也是住在我們家車庫的箱子裡。

「噢，送你吧。」我說。

「謝啦。」她說。

蠑螈從路邊走到街道上，把布朗尼面朝下放在街道中間，然後踩著滑板輾過它。

蠍子哈哈笑。「讚！」他說，「讓我試試！」

克勞德湊到我耳邊。「我會為了比這更小的惡行，活剝敵人的皮。」

我難得覺得他說得還滿有道理的。

第 8 章

「二手拍賣會」冗長又乏味，可是一整天結束後，我的人類和我有了一大疊綠色長方形紙片，加上不少銀色硬幣。

男孩人類撥弄著錢，一面數著。

「我們一定非常有錢！」我喊道，發出呼嚕聲。

「我們賺了五十七塊錢，」他說，「加上二十五分錢和十分錢，可能有六十塊錢吧。」

「太棒了！這樣可以買什麼？」至少可以買一個用來製造武器的無人機吧。

「也許可以買一頓晚餐，」男孩妖怪聳聳肩說，「在鮑伯的披薩宮。」

我輕蔑的吐了口水說。「真是浪費小睡時間！我們一定要賣掉更有價值的東西。那個有馬達的運載工具呢？我們可以賣掉這座碉堡嗎？肯定價值好幾百塊錢吧。」

「我們不能賣掉房子啦，克勞德。我們住在裡面耶。」

真是氣人。「如果我們不能靠著賣東西換得財富，還能用什麼方式賺錢？」

「唔，」男孩妖怪說，「可以工作。」

「你說『工作』是什麼意思？」我問，「像是小睡？爪擊？毀掉敵人的碉堡？因為用那種方式賺錢應該最有樂趣。」

「工作跟樂趣完全相反，」他說，「你花很多時間做你不想做的——很困難或是很無聊的事。通常既困難又無聊。」

這個「工作」是到目前為止最可怕的人類概念。

「沒有貓會做他們不想做的事，」我說，「除非他們的大帝強迫他們。」

「唔，在地球這裡，沒人可以強迫你替他們做事，」他說，「他們必須付你錢。像琳荻替米契爾先生遛狗，就可以得到錢。」

那真的是很討厭的任務。一個街區之外就能聞到那隻狗的味道。「所以你是說，有錢人都是透過工作變富有的嗎？」

「唔，不是，」男孩妖怪說，「真正富有的人，生下來就很有錢了。有的人是在祖父母或誰過世以

後，留下一大筆財富給他們。」

這聽起來滿有希望的。

「也許你有什麼富有的親人，還是年老的親戚快死了？」我問。

唉，結果並沒有。

第 9 章

當我終於清完拍賣會剩下的廢物時，雪松和史提夫騎著腳踏車過來。

「進行得如何，拉吉？」雪松問。

「對啊，」史提夫說，「賺了多少？」

「六十一元，」我說，「又三十五分。」

「哇，」他說，「只有**這樣**？」

「對啊，」我說，「而且還得分一半給我爸媽。」

「可是都是你在忙，」雪松說，「他們根本不在這裡！」

「我爸，呃，負責監督。」

就在這時，爸戴著一副巨大的罩式耳機，端著一杯冰茶從屋裡走出來。他坐回椅子上，對我們揮揮手。

「嘿，克里胥醫師。」雪松和史提夫異口同聲說。

「嗨，孩子們，」爸喊道，「**感謝老天終於結束了！經營二手拍賣真辛苦！**」

他往後一靠，翹起二郎腿。

「按照這個速度，要湊夠錢買那個頭罩組，得再辦四十場車庫拍賣會。」我說。

「也許你可以找份工作。」史提夫提議。

「不是要上中學才能找工作嗎？」我問。

「嘿，我想到了！」雪松說，「我們要不要來創業？秋季清掃時間到了，我們可以做耙落葉、清水溝那類的事。我家那街坊有個孩子就是這樣存錢買車的。我們可以分工合作，錢大家分！」

「這樣你就可以買到你說個不停的虛擬真實頭罩。」史提夫說。

「我就可以買我想要的望遠鏡，」雪松說，「星辰 9000！」

「唔，我正好需要有人幫忙耙草坪！」

我轉身看到琳荻的媽媽帶著我的筆電，跨過街道走過來。她解釋說，她重組了磁碟，移除了一些灰色軟體──不管那是什麼意思──然後加了記憶體。「現在運轉起來應該會好很多。」她邊說邊將筆電遞給我。

「哇，謝謝，蘭斯頓太太！」

她給我一抹大大的笑容。「請叫我安妮就好。」

然後拿出夾鍊袋。「有人想吃餅乾嗎？」

「**還溫溫的耶**。」史提夫小聲說。

我正要拿第二塊餅乾時，安妮清清喉嚨。「唔，拉吉，我必須說，你的搜尋紀錄還滿……**有意思的**。」她有點斜眼看著我。「抱歉我看了，不過我是想看你有沒有上什麼可疑的網站。你的電腦跑得這麼慢，我擔心你不小心下載了惡意軟體。」

我停止咀嚼。「真的嗎？」

「還好沒找到病毒，」她說，「可是你為什麼搜尋『**如何征服地球**』、『**武器化的松鼠**』這樣的東西？」

「我沒搜尋過這些東西啊。」我說。

「真的嗎？」她一臉懷疑，「那怎麼會在你的電腦上？」

「我也想不通！」我說。

只除了，等等──我知道。

是克勞德。

那隻貓總有一天會害我惹上大麻煩。

「噢，嗯，」她說，「唔，以後，你要小心自己上的網站。你可不會想要碰上電腦蠕蟲。」

聽起來真的滿可怕的。「好。謝謝你幫忙修好它。」我說。

她越過街道回家時，又轉過身來。「草坪的事，我是說真的，」她說，「奧利佛因為交換學生計畫出國去了，我先生又老是出差，我和琳荻應付不來。我會付二十塊錢鐘點費給你們三個。」

我、雪松和史提夫互相擊掌。

「太棒了！」史提夫說，「這樣我們每人一個小時就有十塊錢！」

「其實不是。」我說。

「我們必須製作傳單！還有商標！」雪松說，「會很好玩的！」

「耶！唔，除了整理院子那部分，」我說，「不過爲了買 VQ，我願意。」

雪松轉向史提夫。「你都沒說你打算買什麼。」

「我不知道，」他說，聳聳肩，「可是如果我到夸特世界電玩商城，把錢都花在『青蛙過河』遊戲上，我最後一定能得高分！」

雪松輕拍他的手臂。「放在心上就好。」她說。

第 10 章

一天中的第十九次小睡為我帶來了絕妙的點子。（古貓說得對：貓族最有成效的思考，**確實**只發生在頭十八次小睡之後。）

其實滿簡單的。我只要自己製造錢就好了。雖然妖怪的掃描器和列印機很原始，但是可以將影像從一個壓扁的樹片，轉到另一個壓扁的樹片上。既然錢只是綠色的長方形紙片，我想印多少就可以印多少！我可以用它們來買 VQ Ultra，還有我需要的其他科技用品。

呼嚕。

可是，當我將我的計畫解釋給男孩妖怪聽時，他卻搖了搖頭。

「事情不是這樣運作的，克勞德，」他說，「只有政府可以印錢。如果你跑去印，就叫做偽造。這是完全違法的。」

人類這樣荒唐的規定顯然不適用在我身上——我又不算是這個可悲星球的公民——可是男孩妖怪解釋，沒有商店會接受自製的錢。

可惡！地球那些卑下的大王們，將這麼強大的工具據為己有，這點真教人氣餒：必須先**握有**權力，然後才能濫用它。

「那麼，我要怎麼成為可以印錢的政府？」

「算了吧，克勞德。」男孩妖怪說。

我不懂他為什麼總是這麼負面。

「對了，」他補充，「你知道你差點露出『貓腳』嗎？琳荻的媽替我修理筆電的時候，看到了我的搜尋紀錄——**你的**搜尋紀錄。」

他打開電腦，將螢幕轉向我。

> 用來打造武器的無人機

> 洗腦科技

> 人類可以吃嗎？

> 地球有毒大氣對小腦的長遠影響

「你幹麼查這些東西啊？」他質問。

我猛甩尾巴。「因為**你**又答不出來。」

妖怪搖搖頭，嘆了口氣。

我很討厭他這樣。

第 11 章

　　星期天是「三園藝客草坪養護公司」開工的第一天。

　　這個名字肯定不是我想出來的，也不是雪松想的。因為《三劍客》是史提夫最愛的老電影，而我們用猜拳來決定命名，最後他贏了。

　　「《三劍客》講的是三個很酷的配劍朋友，四處行俠仗義什麼的，」史提夫解釋，「我們是朋友，而且有三個人！」

　　他把耙子當長劍一樣舉起來，在空中來回比劃。

　　「這個名字很糟糕，可是隨便啦。」雪松說，我們在琳荻的院子裡分散開來。

　　我們根本還沒開始，史提夫就停下來喝水休息。同時，雪松推著老式除草機（就是沒有馬達的那種），在院子裡來回衝刺。我則卯盡全力耙著草葉，雖然我噴嚏連連，不得不停下來擤鼻子。

　　「我想拉吉對庭院工作過敏。」史提夫從坐著的樹上往下呼喊。

「其實，你看起來才是，」雪松說，「你要不要快點站起來，開始拔雜草？」

等我們除完長草、耙掉草葉、拔完雜草，都已經過了午飯時間。雪松雙手起了水泡，我的鼻子塞到幾乎無法呼吸，而史提夫……唔，史提夫還是原本的樣子。他一直要我們用耙子長柄來玩三劍客，我們不肯，他就往草地上一躺，躺在肥軟虎斑旁邊。人和貓現在都閉著眼睛，翻開肚皮享受著日光浴。

「噢，史提夫好像一隻貓！」琳荻用托盤端著檸檬汁從家裡走出來說。

琳荻有時很煩人，可是現在我很高興看到她。檸檬汁很好喝。

她對我們微笑。「我是你拍賣會的第一個顧客，現在又是你庭院生意的第一個客戶。或者說是我媽。滿酷的，對吧？」

「超酷。」找將冰涼的玻璃杯貼在熱燙的臉頰上說。感覺好棒。

第 12 章

男孩妖怪一臉疲倦、渾身髒兮兮的走進來。

「你**耙進**大把鈔票了嗎？妖怪？」

「哈、哈、哈，不好笑。」他用袖子背面抹抹鼻子說。

「從你鼻孔裡滲出來的東西是什麼？」我問，「是你的腦漿嗎？你快死了嗎？如果你快死了，我可以繼承你的錢嗎？」

「我過敏啦。」

我不知道什麼是過敏，但我想那並不值錢。「你今天賺進多少錢啊，妖怪？」

「二十塊錢。可是我根本沒拿到。我們忙完的時候，琳荻的媽才發現家裡沒現金。她問我們收不收信用卡，當然沒辦法。然後她就提議用電子貨幣來付我們錢。」他吸吸鼻子。「我想她是在開玩笑。」

我問他什麼是「電子貨幣」，男孩妖怪聳聳肩。「我想實際上叫做『加密貨幣』什麼的。」

在妖怪的「搜尋引擎」上搜索之後，我發現加

密貨幣就是虛擬金錢，是由數位代碼而不是綠色紙張構成的。這種貨幣不受政府控制——只需要有破解不了的加密技術，以及強大的計算能力，任何人類都可以創造這樣的貨幣。

當然，比起砂盆星，地球上的計算能力根本微不足道，人類的加密檔案連幼貓都破解得了。所以（在澎澎毛的些許幫助下），我可以創造一種遠超過任何人類妖怪的能耐，更安全，價值也更高的加密貨幣。

換句話說，我**可以**自己賺錢了！

我立刻到地下掩體去聯絡我的奴才。

「噢，嘿，至高聞屁王！」澎澎毛接聽，「呃，我是說，全能無敵的大王。」

我的計畫讓我精神抖擻，這番侮辱我不予追究。

我花了點時間解釋人類紙做的錢，可是澎澎毛立刻領會了加密貨幣是何物。「噢，只是加密的代碼？」

「勉強算是，」我說，「它只運算到十萬行。」

「就這樣？」澎澎毛說。

「我知道，」我說，「可悲啊。」

「如果您想要真正破解不了的，我可以加密到八的十億次方，我們以前在窩拿茲大戰期間，就是用這個來發布命令給艾克隆上校的傭兵。這會用到超級高階的托葛演算法，而且有葛拉西恩區塊加密，附有……」

「廢話少說，」我說，「動手編碼就是了！」

「遵命，噢偉大崇高領導，」他說，「沒問題。您打算如何命名自己的錢？」

我發出呼嚕聲。「我要叫它……**喵幣（KitKoin）！**」

畢竟，「K」是人類最有趣的字母。

第 13 章

在三園藝客草坪養護公司營運的那一個半星期裡，我覺得自己動個不停，從沒停下來過。因為除了我原本固定得做的——作業、社團、家事——我每天都跟雪松和史提夫一起工作。我們把枯葉裝袋、打理樹叢、鋪護根土、清理水溝，拔雜草拔到手指抽筋。真悽慘。我好慘。我鼻水流個不停，老是覺得又累又餓。

星期四放學後，耙完瓦勒斯先生的院子，我回到家就癱倒在沙發上。

媽衝來衝去，準備去參加某種聰明人的頒獎晚宴。

「我一定要稱讚你的勤奮，拉吉，」她給我一個再見吻說，「這樣的進取心總有一天會得到獎賞！」

那正是我希望的，可是獎賞來得還是不夠快。表面上看來，我們好像賺了不少錢，可是分成三份以後就沒多少。我媽媽判定，既然我有「新的收入來源」，就應該花自己的錢買冰淇淋和漫畫。誰知

道兩球冰淇淋加脆皮甜筒，撒上彩虹碎糖，竟然要六塊錢？

我今天早上算了算，我總共有 117 塊錢。按照這個速度，我得工作一年，才買得起 VQ Ultra。

爸戴著那頂我在二手拍賣會上賣掉的帽子，晃進客廳裡。「我超以你為榮的，兒子，」他說，「我看得出你工作得很賣力。」

「是啊，」我說，「可是我賺得還是不夠多。」

爸的臉色一亮。「唔，這點我倒是可以幫上忙。」

「像是借我錢嗎？」我滿懷希望的問。

「給你更多工作！」他說，「關於我跟你提過的額外雜物，我有一些精采的點子，小老弟。」他坐下來寫了張清單。

「你要我幫你整理棒球卡？你下班回家幫你弄點心？」我說，「還有幫你穿襪子？」

「我的背早上很僵硬，彎下身子很吃力，」他充滿防備的說，「而且，你知道的，你也應該幫自己弄個點心。」

我搖頭拒絕——最後他遞了張十塊錢給我。「這裡有預付款。」

「好吧。」我說。

「別跟你媽說。」他說。

「那你要給我更多錢。」

爸哈哈笑，可是我是認真的。

「好了，現在你要不要離開那張沙發，替我們弄點爆米花來？」

第 14 章

這十個月昇之日真是難熬。

我的奴才以他平日拖拖拉拉的步調工作，花了三個月昇之日才創造出地球所見過最尖端的虛擬錢幣。不過，不知怎的，人類並沒有爭相搶購我的貨幣。

直到我用人類稱之為「新聞稿」的東西宣傳，頻頻轟炸網路新聞媒體，才開始引起妖怪的注意。

現在，銷售狀況活絡起來了。我查了查自己的帳戶，發現自己賺進了十幾萬塊，真高興。

才一個小時的時間。

男孩妖怪吃力的爬上樓梯，咻咻喘氣的聲音，破壞了我的好心情。他渾身泥巴、筋疲力盡，鼻孔又滲出腦漿了。

「你真的該找人檢查一下。」我說。

他面朝下仆倒在睡眠平台上，告訴我他今天賺了多少錢。

「哇，**整整**十五元，」我說，「真令人佩服。」

在我說話的那六秒鐘內，我算了算，我又賺進

一百六十八元。

　　男孩妖怪也許沒辦法很快就弄到 VQ Ultra。
可是，我可以想到誰有辦法。

　　呼嚕。

第 15 章

　　星期天早晨，一通電話吵醒了我。我用枕頭蓋住腦袋，可是不管是誰，都繼續打來。他們難道不知道這是週末嗎？

　　「**史提夫，**」我終於接起來，「你幹麼這麼早打來？」

　　「早？」他說，「都已經十點多了！我們應該出發到新工作的地點了。你沒收到我的簡訊嗎？」

　　我呻吟。

　　「對了，我正在你家前廊。」

　　我發著牢騷走下樓，放史提夫進門。我換衣服的時候，他在看舊的一本《美利堅人》。我把一包面紙塞進口袋裡，吃了點過敏藥。我們到雪松家前跟她會合，然後三個人一起騎腳踏車到我沒去過的社區。雪松告訴我那個社區叫「滑鐵盧」，有錢人家的小孩都住那裡。

　　「就是這裡！」史提夫停在滿地落葉的巨大草坪前面說。

　　「哇，」雪松說，咧嘴笑著，「今天可以賺進

一大筆。」

可是，當她看到信箱上的姓氏時，她的表情就變了。

「等等，」她說，「請告訴我這不是——」

「你好，魯蛇們！」

「**蠍子**家的院子！」

一張壞心的窄臉從閣樓窗戶俯看著我們。

「祝你們替暴龍清掃愉快，書呆子！」他喊道。

我更仔細的瞧瞧院子。草長得很高，但遮不住好幾堆的便便。

史提夫驚恐的轉向我。「**蠍子**真的有一隻恐龍嗎？」

有個男人從屋裡走了出來，他一定是**蠍子**的爸爸，不過他看起來人不錯，滿正常的。「嘿，孩子們，」他說，「很高興你們趕過來了。我兒子說我應該跟你們聯絡，因為你們還滿需要錢的。他這小子還滿體貼的呢，對吧？」

對，真的很體貼。

「在我們上工以前，先生，院子裡有很多……唔，很多額外的東西。」我說。

「什麼意思？」他問。

「那個，唔……」雪松說。

「你的院子到處都是**狗大便**！」史提夫脫口而出。

蠍子的爸爸瞇眼望著草地，然後轉向蠍子探出腦袋的窗戶。「兒子，你上次清便便是什麼時候的事？」他往上嚷嚷。

蠍子聳聳肩。「我不知道，幾個月以前吧。誰在乎啊？讓這些園藝客處理就好。」

「兒子，清便便是你的**工作**，暴龍是你的大丹狗，」他父親語氣堅定的說，「立刻下來。我雇用你的朋友來清落葉，不是清狗便便。」

蠍子厭惡的尖叫一聲，臉消失在窗戶那裡，然後用力關上窗。

「哎呀，謝謝，蠍子先生。」史提夫說。

「**什麼**先生？」他問。

「沒事！」雪松連忙接腔，「謝謝你找我們服務，先生。」

第 16 章

　　1 喵幣 ＝ 898.31 元……1 喵幣 ＝ 901.17 元……1 喵幣 ＝ 902.99 元……1 喵幣 ＝ 904.08 元

　　那些數字在螢幕底部跑過，「戰利品計算」應用程式監控著我貨幣的迅速飆升。看了真是大快貓心。

我的通訊器響了。通常我痛恨受人干擾——尤其來自澎澎毛——可是這一次我並不介意，因為自誇給自己聽並不容易。

　　「你好，馬屁精，」我說，「你肯定是打電話來稱讚我多了不起吧。」

　　「呃……不算，其實，」他說，「我是說，可以之後再來做這件事。可是我想先問……」

　　「多虧有喵幣，每幾個小睡，我就賺進幾**萬**塊錢。」

　　「這樣算很多嗎？」

　　「我不確定，但我想我現在超級富有。」

　　「那，呃，太好了，」他說，「不過，我打來是因為有事要問，我……」

　　「你想知道我要這麼多地球錢的真正原因！」

　　「其實，大王，我……」

　　「唔，我會告訴你。找發現妖怪科技可以讓我實現**最新**的邪惡計謀，其實算是個舊的邪惡計謀。你記得……殭屍光束嗎？」

　　「當然記得，」澎澎毛說，「是我打造的，噢眼高手低的大王。」

　　「是你打造的？哈！」我嘲笑，「也許是你設

計的，可是利用妖怪廢物，在地球這裡勉強做出一個的，可是**我**啊。」

「**唔，又沒成功……**」他壓低嗓門嘀咕。

我不理會他的無禮。「我的新殭屍光束完成以後，會運作得盡善盡美。棕色制服妖怪已經用箱型卡車，把很多高精準度的昂貴器材送過來。不過，最重要的組件——**VQ Ultra**——暫時缺貨。」

好消息是，那個科技終於在明天就要到了。我只希望那個送貨的妖怪能再次挑在人類出門的時候到來。

我任由自己發出滿足的小小呼嚕聲。「我都忘了計畫征服星球多麼有趣了——即使是這麼落後的星球。」

「好，唔，說回我來電的原因，我想快快問一下……」

「我不得不說，我幾乎對地球產生了感情，」我說了下去，「這是它獨立的最後幾天，澎澎毛。再過不久，整個世界就會是我……」

「全能的領導！砂盆星的 87 個月亮裡，您最喜歡哪個？」

「什麼？」

「我剛說，87 個月亮裡，哪個是您──」

「我聽到了，」我說，「這個問題很荒唐，因為答案明顯得很。我最愛的是第 63 個。」

畢竟，還有**哪個**月亮有三萬多種胖嘟嘟、不會飛的小鳥呢？

「好了，我剛說到哪了？」我說，「噢，對了。再不久，整個世界就會是**我的**了！」

第 17 章

　　星期一，當我在放學回家的路上經過琳荻家時，她媽揮手要我過去，遞給我三張爽脆的二十元紙鈔，每個三園藝客各一張。「抱歉我讓你們等這麼久才領到錢，拉吉。我說過，我的皮夾幾乎不放**現金**。」

　　我爸媽也老是這麼說，可是這通常是因為他們不想買東西給我。

　　「還好你們不收喵幣，」她說，「要不然我上個星期欠你們的錢，到今天就會漲很多！」

　　「喵幣？」我說。

　　「噢，抱歉——電腦怪咖警告！」她做了個滑稽的表情，發出警報聲。「區塊鏈科技、加密市場、雜湊樹圖——都很讓我著迷。」

　　她剛說的話，我一個字也聽不懂。不過，她還是一直說，我聽出喵幣是新的電子貨幣，在極短的時間內就變得炙手可熱。

　　「甚至沒人知道這是誰創造的，」她說，「神祕得很。」

「聽起來滿酷的。」我說。

「酷，對啊，可是也有點令人擔憂，」她說，「當你有個新的全球貨幣，創發人卻是無名氏時，你會希望他們不是什麼**恐怖組織**。」接著她露出爽朗的笑容。「可是看看我，竟然說個沒完！我告訴你，如果你想再多賺點老式的紙張錢，你跟你的團隊可以來清理我的水溝。」

「噢，當然好，」我說，「我們會馬上著手處理的。」

我回到家的時候，看到一輛貨運卡車停在我家前面。我恰好看到送貨員將一堆包裹留在我家門廊上。「需要我簽收嗎？」我問。

他看著訂單。「不用。不用簽收。拉吉·班內傑就住這裡，沒錯吧？」

「呃，對。」

送貨員露出笑容。「那就好。因為我整個星期以來送了一箱箱東西給他。」

怪了。給**我**的包裹？

我往下看，確實，每個包裹上都有我的名字。我打開最上面的那個——

媽呀，不會吧！

我拔腿衝進屋裡，一路撒下箱子內的防撞保麗龍球。直到握在雙手裡，我才相信這是真的。

是 VQ Ultra！

我嗷嗷叫——我真的嗷了一聲，然後跳向天空。

是整套 VQ Ultra 超級組合！附有六個動作感應器。還有降噪耳機！還有——**哇！**——最後一個盒子裡是超輕量自動同步的視覺無人機！

我立刻打電話給我爸。

「爸！」他接聽的時候我說，「你最棒了！你因為我幫你脫襪子，就買這一堆東西給我嗎？還是因為我弄的那些點心？超級謝謝的！」

「我給了你**什麼**？」

我跟他說了，他說他跟這件事沒關係。

「要是我買了那堆東西給你，你媽肯定氣得跳腳。況且，」他開始小聲說，「**我剛剛才花錢買了一個喵幣！**」

又是喵幣！怪了，突然之間，每個人都在談這個東西。

「真的很貴，可是如果價值像目前這樣繼續飆漲上去，你想要什麼我都買——噢，抱歉，莫斯理

太太！」我聽到背景有惱火的咕噥聲，「我還有臼齒要填，得掛電話了，兒子！」

我掛掉電話，摸不著頭緒。

如果那個頭罩不是爸買給我的（我知道不是媽），那又是誰呢？但後來我意識到，我並不在乎。我只要確定媽不會逮到我在玩就好。

我馬上就要開始！

第 18 章

眞是無法無天！我走進男孩妖怪的窩巢時，看到他戴著我的 VQ Ultra 跳上跳下，激動的揮舞雙臂！

「把那個給我！」

我用爪子劃過他的小腿肚，留下四道血跡。

「哎唷！」他說，把腿抽開，「幹麼啦？」

「你的皮膚碰到了我的科技設備。」我說。

妖怪拔下頭罩，傻傻的盯著我好幾秒。

「等等，訂了這個來的是**你**？」

我心煩的猛甩尾巴，彷彿這干他什麼事一樣。

「你沒再偷刷老爸的信用卡了吧？」他說，「我跟你說過，那種事情只能逃過一次！而且這種**幾千塊錢**的大事，不可能敷衍過去！」

「我沒用你爸爸塑膠片上的號碼，」我說，「這個頭罩是我用自己的錢買的。」

他連珠砲似的問了一堆問題，關於我怎麼取得到那些錢，我很有技巧的充耳不聞，要不然他肯定會對我的財富動歪腦筋。同時，我把自己的腦袋放

進這個裝置裡。因為這是設計給妖怪的頭顱用的，對我來說實在大得很彆扭。（人類的腦袋這麼大，本質上卻這麼弱，真是離奇。）

頭盔只不過是有頭罩的監控器，關鍵在於能跟由攝影機啟動的無人機搭配。等我把殭屍光束連在這台無人機的下側，就能精準的送出我的心智控制電波。

「至少先讓我把遊戲玩完吧？」男孩妖怪悲傷的說。

愚蠢的人類。他誤以為這個 VQ 是玩具，但實際上是我終極武器的最後一個組件。

「好吧，你可以『玩』。」我告訴他，取下我頭上這不合身的頭盔。

這倒也符合我的目的。我必須看看這個 VQ 還有什麼能耐。

第 19 章

　　我在 VQ 上試了一堆遊戲，聽起來最酷的那些，也是最激烈的。飛行模擬讓我想吐，而我在 Z-station 遊戲平台上很愛的《殭屍黎明 8》，在 VQ 上變得超級驚悚。**逼真得不得了。**

　　最後，我找到了《星咖克（Starista）》，在這個遊戲裡，你可以在咖啡店工作，替人調製拿鐵什麼的。雖然聽起來很遜，不過可以設計奶泡的圖樣、發想各種瘋狂的飲品，滿好玩的。我得到了 271 星元的小費，比我擔任園藝客賺的真錢多得多。

　　「所以讓我搞清楚，人類，」克勞德看著我玩，一面說，「你不喜歡做這個叫『工作』的事情，可是當你可以隨心所欲住在任何一種現實裡的時候，你卻**選擇**要工作？」

　　「那又不是真的工作，」我說，「很好玩啊！看看我在這個抹茶拿鐵上用蒸氣管打奶泡。」

　　聽到蒸氣棒的嘶嘶響，真的很令人滿足。看起來好可口！

　　「好有意思，真的。」

如果所有的貓都說話，都會像克勞德一樣愛諷刺人嗎？

　　「我來找個『遊戲』，試試身掌，妖怪，」他說，「有沒有戰役模擬的遊戲？」

　　「一大堆，」我說，「可是很暴力喔。戴著VQ，讓一切變得太寫實了。」

　　克勞德不在乎。他選了《血腥戰鬥圍城：文明的衰亡 III》，這可以說是史上最血淋淋的遊戲。

　　他真的很拿手。他玩遊戲的時候，炸蓬了尾巴的毛，左右用力甩著。一個小時後，已經衝到了最後一級。

　　「這很有趣。」他說著便扭身脫離器材。

　　「你可以當職業電競手，克勞德！」我說，「可是你一定要告訴我——你怎麼弄到這個系統的？這要花這麼多錢。你還買了連我都不知道的附加設備。」

　　克勞德在我的床上蜷起身子，閉上眼睛。

　　「你不能假裝沒聽到我講話。你沒把爸的運動紀念品賣掉吧？或是其中一輛車？」想到他可能賣掉的東西，我突然恐慌起來。「要是你不告訴我，我就……我就……」

「你就**怎樣**？」克勞德說，看我敢不敢威脅他。

「我就……**摸摸**你。」我說。

克勞德瞇起眼睛。「這招不錯，妖怪。」他說。他平靜的舔起一邊掌子。「你有沒有聽過喵幣？」

「當然了，」我說，「大家都在談。」

「我呢，這麼說好了……」他停下舔掌的動作，「算是**初期**投資者。」

「你在說什麼啊？」我說，「你怎麼做到的？」

克勞德解釋，他用我在車庫拍賣會之後存進銀行的錢，開了個線上喵幣帳戶，每個喵幣還是一塊錢的時候，就買進二十個虛擬錢幣。

「但你幹麼要做這種事？」

「因為就你的標準來看──或者其實就任何標準來看，**本貓是個天才，**」他說，「還有，那個名稱很吸引我。」

「所以，你的喵幣現在值多少了？」我問。

「噢，大概是當初買價的一千倍吧。」他又回頭去舔腳掌。

我覺得自己的心跳漏了一拍。

「等等，你是說，我們現在有**兩萬**元的身價

了？」

「不，妖怪。我是說，我的身價是一萬九千九百八十元。你是二十元。」

「欸，不公平！」我喊道。

「又一個很不貓族的字眼。這場乏味的對話就到此為止。」克勞德宣布，從床上跳下去，走向門口。

「你能不能至少買個滑板給我？」我對著他的背影喊，「或是，一堆披薩？」

第 20 章

　　我確實買了個滑板送男孩妖怪，他興奮極了，另外買了一雙「鬼祟器」，用來保護他柔軟無爪的雙腳。因為某種詭異的原因，他每走一步，那雙東西就會亮起來，跟「鬼鬼祟祟」恰恰相反。買這些東西不是為了他，而是為了我自己。有這些新東西占住他的時間，他就不會來煩我，讓我好好改造 VQ，以便和殭屍光束無縫接軌的順利運作。

　　原本的殭屍光束是為了透過控制心智的「虧機電波」，讓人類變成我的奴僕。可是，人類大腦擁有的感知領域很有限，一旦受到貓族的影響，便無法順利運轉；我在父親妖怪身上做了幾次不幸的實驗，結果證明就是如此。比方說，一個簡單的指令：「去拿碗牛奶給我」，他卻脫光衣服（謝天謝地，他保留了小小的白色內褲），然後像雞一樣咕咕叫。

　　妖怪們一如既往的令我失望，我把注意力轉向控制更優等的物種：松鼠。

　　在我征戰四方的時代，常常用這些吱吱喳喳的齧齒類作為傭兵。我知道他們對虧機電波的反應良

好，戰鬥時我就這樣跟他們溝通。他們的偵察技巧無與倫比，他們的最高指揮官，艾克隆・麥西默上校，可能是我所見過最凶狠（也是最可愛）的戰士。

但我因付款糾紛和艾克隆起了衝突。（我怎麼知道葛格尼栗子和帕納辛栗子有差別？）為了報復，那個松鼠指揮官竟敢企圖謀殺我。在他第五次嘗試失敗時，我禁止他和他的軍隊踏入砂盆星的一百萬光年之內，他發誓總有一天要為此復仇。

不過，說夠了那個尾巴蓬鬆的傻瓜！我必須投入掌邊的任務。也就是，我要如何修改 VQ 軟體，才能讓我用最高的精準度，對一批松鼠大軍施行心智控制。

我打電話聯絡我的奴才，解釋我體驗人類電玩時所學到的事情。

「多虧 VQ 的動作感應器，我身體的每個動作都在戰鬥模擬裡映現。」我告訴他。運用類似的介面，我就能以同樣的方式控制殭屍光束松鼠。「但我要如何控制不只一隻松鼠呢？」

「唔，我可以設定多松鼠模式，」澎澎毛說，「不用動作感應器，而是改用口頭指令，來操作殭

屍光束。」

　　他承諾會在兩個月昇之內完成軟體升級。我已經迫不及待了。我見識過太空松鼠的能耐；不久就要考驗地球松鼠的技巧了。

第 21 章

「哇，耙落葉的生意很成功呢，兒子！」爸下車的時候說，「看看那個漂亮的新滑板和亮眼的新LED 運動鞋！你是艾爾巴最酷的孩子，對吧？」

「呃，對啊，爸，」我說，把滑板踢進自己的手裡，「最酷的。」

「這是新的智慧手錶嗎？」我們走進屋裡之後，爸問，「再不久就換我跟你開口借錢嘍。」

在某個時間點，爸就會察覺事有蹊蹺了。

門鈴響起，爸去應門。他捧著一疊披薩盒子回來。

「拉吉，你點了**三個**披薩嗎？」

我沒有，可是也不能說一定是那隻貓。

「嗯，對啊，」我說，「其中一個是給你的。」

爸正要問我更多問題時，卻抵擋不住披薩的香氣。他把一個盒子拿進客廳，我則拿著另外兩個到地下室去。我等不及要玩 VQ 了！今天我要試試《太空深處探索者》。

遺憾的是，克勞德正在用那個系統。

「嘿，可以換我了嗎？」我咬了口披薩說。

他把我當空氣。

「克勞德，」我說，「頭罩可以給我用嗎？」

還是沒反應。

我把吃一半的披薩丟下，又抓了一塊新的。披薩夠多，就不用吃皮啦。

「吼唷，**拜託啦！**」我說。

克勞德發出悶哼。

我在他身旁坐下。「你在玩哪個遊戲，克勞德？」他沒把 VQ 連向螢幕，所以我看不出來。

「遊戲？」他吐了一口口水說，「這可不是遊戲，妖怪！這是……呃，對，我是說，這當然是遊戲了。逼真到**看起來**不像是遊戲。」

克勞德終於把 VQ 摘下來，將腦袋塞進最後一盒披薩裡。他把披薩上的起司吃個精光，然後蜷起身子在爸的休閒椅上小睡。

輪到我了！

我在《太空深處探索者》裡一路衝到了古柏帶那麼遠的地方後，決定玩些別的。不停閃躲小行星讓我有點想吐。我逛著遊戲選單，最後找到一個《歡樂谷中學》。這是個中學模擬遊戲，只是其他學生

是蜥蜴和烏賊那些黏黏的生物。太棒了！

當我因為用紙飛機打到科學老師的頭部觸鬚，而遭到課後留校的處分時，雪松打電話來。

「你要來還是怎樣，拉吉？」她說「我們在艾波車道這裡。三園藝客有片草坪要耙。」

糟糕，我完全忘了！但這個粉紅加藍點的八腿八年級生正在傳紙條給我，而監督課後留校的老師完全沒看到。「有草坪要耙？」我重複，「我，呃——**吸、吸**——覺得滿不舒服的。都是過敏的關係。我媽說我應該放輕鬆點，這幾天先不要到戶外工作。」

「老天，拉吉，真遺憾你狀況這麼糟，」雪松說，「可是別擔心！你的那份錢，我們還是會分給你的。」

突然間，我覺得自己真是很糟糕的人。

「噢，那樣不公平，」我說，「你們應該把錢留著。」

「才不要。我要等你買到 VQ 之後，才要買望遠鏡，」雪松說，「這件事跟我們所有人都有關係。」

「**就像三劍客！**」我聽到史提夫大喊。

我差點關掉 VQ，過去幫忙他們。不過，我**真**
的覺得有點不舒服。這可能跟我狂吃六片披薩更有
關係，而不是過敏，但確實不舒服。重點是，我真
的很想玩《歡樂谷中學》的課後足球比賽。我被挑
中，可以進啦啦隊耶！再玩一下就好——只是要等
肚子穩定下來——就去幫他們。

　　我把頭盔帶回去。

　　哇！監督課後留校的體育老師剛剛蛻了皮。

　　酷斃了！

第 22 章

男孩妖怪玩虛擬學校玩到半夜，現在可能會錯過真正的學校。老實說，我很難理解這些虛擬遊戲為愚蠢野獸們帶來動力的是什麼。

我好意咬了他的腳趾頭，把他叫醒。我不在意，因為戰士的下巴必須保持強大。

當妖怪全數離開碉堡時，我戴上 VQ，選了《高難度數學》——這是我為了遮掩殭屍光束計畫而虛構的遊戲。（看到這個標題，男孩妖怪永遠不會想碰。）澎澎毛的新控制介面立刻彈出來，我準備第一次試用這個裝置。

我在砂盆控制中心，舒舒服服的啟動了無人機，現在底下連著殭屍光束。無人機嗡嗡離開地下掩體的窗戶，往天空飛得老高。啊，真令人歡喜！彷彿我自己在飛，有如我年輕時代在焦土遍地的戰場上方飛翔。

我迅速穿越整個鄰里，尋找我的第一顆棋子。她就在那裡：一隻健壯的松鼠，坐在樹枝上，靈巧的爪子裡抓了顆堅果。

「殭屍光束，出擊！」我下令。

無人機下方射出一道細如鬚的雷射光。它擊中了那隻松鼠，用虧機電波轟炸她。控制器自動轉到了「單一松鼠模式」，我就能指揮那隻動物的一舉一動，彷彿她的手臂和腿都是我的。

這個第一步再完美不過了。可是，我必須測試這隻松鼠的戰鬥表現。

彷彿接到暗號，鄰居的白痴狗瓦佛走出牠的碉堡。那隻狗看到我——我是說，看到我的殭屍——便立刻朝我衝來。

噢，真是精彩可期！

那隻狗跳起來，扒抓樹底，瘋狂的吠叫。我將那顆堅果丟向那隻狗，擊中了這隻野獸醜惡的口鼻。瓦佛立刻一臉困惑，然後吠得更激烈。

「**進入監視模式！**」我下令，轉回了鳥瞰模式。我再次掃視那個區域，又挑了兩個樣本，然後同時發動藍雷射光的殭屍光束。現在那三隻齧齒動物被鎖進了「多松鼠模式」。

「**松鼠：包圍目標！**」我下令。

我的三鼠組現在以團隊形式運作。兩個較新的小卒從背後悄悄走近那條狗，原本那個小卒則從樹

上爬下來。那隻笨狗突然意識到自己誤入圈套，於是夾著尾巴衝回自己的碉堡尋求庇護。

瓦佛，你跑得快，但我的松鼠殭屍動作更快！

那隻狗開始死命扒抓閘門，最後他碉堡的母親妖怪將門打開，那隻狗從她跨下猛衝進去。

「**松鼠：散開！**」我指揮。

母親妖怪環顧四周，然後抬頭直直望進盤旋的無人機鏡頭。她瞇起眼睛，彷彿知道自己受到監視。

這有可能嗎？我終於找到了一個不是徹底蠢笨的人類嗎？

我高度懷疑。

第 23 章

上學的路上，雪松問我感覺是否還好。「因為——我沒有別的意思，拉吉——你看起來好糟。」

我正納悶還會有什麼意思。

「對啊，真的很糟，」史提夫附和，「別介意。」

「一定是因為那個蠢過敏。」我假裝吸吸鼻子說。

其實，我還真希望是花粉熱。我昨天原本要去幫他們一起清草坪，最後卻一路狂玩《快樂谷中學》玩到凌晨四點，只吃掉我稍早留在盒子裡的披薩皮，而回家作業碰也沒碰。

「可憐的拉吉，」史提夫說，粗壯的胳膊搭在我的肩上，給我半個擁抱，「開心點！你知道三園藝客的座右銘是什麼嗎？」

「**我們面帶笑容耙葉子，**」雪松說，「那也是你的笨點子。」

「噢，對——明明很棒！」史提夫說，「可是我剛指的是三劍客。他們的座右銘是**我為人人，**

人人為我！意思是今天放學以後，為了你，我會努力做雙倍工作，拉吉。」

這番話讓我感覺更糟。

「也許我們應該休業一天。」我說。

「絕對不行，」雪松說，「我們每個人到目前才各賺兩百六十三塊錢，那就表示還要七百塊錢，我才能買到星辰9000。而且我知道你有多想要買到VQ。」

我只是點點頭。我的腦袋瓜感覺好重。

「如果我們繼續賣力工作，就能買我們想要的東西。而且靠自己賺的錢買，滿足感會大很多，」雪松說，「對吧，拉吉？」

唔，那正是我媽的想法。可是我的貓連一根指頭（我的意思是，連一根爪子）都沒抬，就賺進好幾萬塊。總之，我已經得到自己想要的了。VQ直接出現在我家門廊上，會減低玩《快樂谷中學》的樂趣嗎？其實並沒有。

「呃，對。」我說，然後聳聳肩。

「總之，放學後在葛西亞家見，」雪松說，穿過走廊到她的班級教室，「我是說，拉吉如果你身體還可以的話。」

「嗯。」我假裝抹抹鼻子說。

我正想在課桌上小睡一下時，聽到艾美喬老師說了點關於喵幣的事。我坐起身。她笑盈盈的臉占滿了電子白板螢幕。

「你們敢相信有這個新奇的貨幣嗎？」她說，「我先生佛瑞德因為我很愛貓咪，買了一個給我。真想不到，它的價值竟然已經跳了兩倍！所以，我替自己買了這件很酷的新運動衫。你們看，亮片貓咪！」

班級教室裡的每個人同時開始說話。

「我表親有一百個喵幣，」我旁邊的小孩說，「他說他知道誰是創始人——**X 先生**。」

「不可能！」我另一邊的女生說，「聽說 X 先生是個天才好人駭客，有點像網路的超級英雄，沒人知道他的祕密身分。」

哇，喵幣真是轟動。價值竟然已經翻倍了？那是不是表示克勞德更有錢了？

也許他可以再買一組 VQ Ultra，這樣我們就不必共用了。**這個想法**似乎不賴，我想著便把頭靠回課桌。

第 24 章

　　經過令人精神煥發的策略小睡，我對地球松鼠
小卒做了更多測試。首先，我調查了我可以同時控
制多少隻松鼠；答案似乎是九隻。接著，必須檢查
他們的視聽能力。藉由 VQ 頭罩，我可以同時透過
我的殭屍們觀看。最後，我測試了通向他們耳朵的
管道。

　　「八號開聲音！」我選了一隻正在爬樹的松
鼠下令。

　　我的耳朵裡立刻傳來松鼠八號聽到的──吹亂
他皮毛的風聲、往上攀爬時爪子刮過木頭的聲音、
人類從他下方路過的說話聲。

　　「……然後我就說，不，那也太蠢，他就說，
哪有，才不蠢……」

　　「八號關聲音！」

　　現在確定了。就像他們在其他星球的表親，這
些地球松鼠很適合當間諜。不過，身為士兵，他們
沒那麼有能耐，因為他們沒有特別強壯，體形大小
也不適合操作人類的武器。

不過，光是一隻松鼠就能讓一個人類瞎掉，幾群松鼠就可以擴散這種恐慌。我想單靠這樣的戰術，還是無法攻克這個星球——更不要說長期統治了。

幸運的是，我學到我可以利用人類在某個領域的落後，替自己謀求好處。較為先進的星球會使用再生與在地的能源，像是恆星輻射以及亞原子粒子振動，地球卻恰恰相反，妖怪們燃燒東西。以這種燃燒碳基物質的野蠻方式所獲得的電力，沿著沒有枝椏的樹木（稱為「電線桿」），以混亂的電線系統，派送到這個星球的各個地方。

我知道地球松鼠原本就會咬這些電線，偶爾造成當地電力中斷。聯合世界各地的松鼠之力，我就能中斷整個電力網絡——這個破壞行動會迅速癱瘓這個可悲的星球！再加上不久後就可以完全控制人類的貨幣供應，感覺地球已經是我的了。

呼嚕。

不過，想推動這個計畫，我需要的不只是九隻松鼠。為了征服地球，我需要一個能夠將虧機電波傳遍整個地球表面的殭屍光束。

妖怪警示！六號！妖怪警示！

我派了一隻松鼠負責站崗，警告我人類回來了，我現在可以看到他們走回家。

　　我需要時間，到地下掩體跟澎澎毛商量，我把VQ頭罩留在男孩妖怪的睡覺平台——只要有機會逃離現實，他永遠無法抗拒。

　　可是首先，我要讓自己享受一點樂子。

第 25 章

好奇怪喔。我快走到家的時候，一隻松鼠衝到我面前，在人行道中央坐下來，擋住了我的去路。我差點以為牠要開口說話（最近**確實**一直有動物這樣），但牠只是盯著我。

「快讓路，小不點。」我說。可是又有一隻松鼠出現在我鞋子邊。

突然間，牠們兩個快步跑開，衝上一棵樹。我搖搖頭，往家裡走去，卻絆到了東西，差點跌倒。**搞什麼？**松鼠剛剛偷偷解開我的鞋帶嗎？

我抬起頭，發現牠們還在盯著我看。真是令人頭皮發麻！

這只是讓我更希望今天快點結束的另一個原因。上六年級數學課時，我坐在後排睡著了，一直到八年級來上代數才醒過來。我不只錯過了午餐，甚至找不到我**做完**的那一點作業。

回到家的時候，狀況並沒有更好。

今天是星期三，媽下午休假。那就表示她會想跟我一起過，所以我照樣得面對她「今天過得如何」

的百般盤問。

「不知道。」我說。

「怎麼可能**不知道**？」

接下來就是「你今天下午想做什麼」的一連串問題。「要去科學博物館嗎？去健行？還是下棋呢？」

我喃喃說我應該去幫忙雪松和史提夫，雖然那是我最不想做的事。唔，除了我媽提議的每件事之外。

「噢，拉吉！」媽在樓梯那裡喊道，「明天先別排事情。我們邀了客人來吃晚餐。」

晚餐有客人？我爸媽從沒邀請別人來家裡過。

「你邀了誰？」我往下回喊。

「我邀了安妮，就是住對街的女士，還有她可愛的女兒。叫琳荻，對吧？安妮人真好，雇用你跟你朋友，我就想說可以請他們吃個晚餐，表達謝意，」媽說，「況且，爸爸和哥哥都不在家，可憐的琳荻一定很寂寞！」

我只能嘆氣。

我換了衣服，準備跟雪松和史提夫碰面，但我想還是看一下《侏羅紀動物園》好了。這個超級酷

的遊戲裡有雷龍和其他蜥腳動物，你每天至少得餵牠們吃東西和喝水一次，也要檢查圍欄，確定沒有猛禽闖得進來。

　　幸運的是，克勞德把 VQ 留在我床上，這樣我就不用跟他爭搶。我調整已經打開電源的頭罩。

　　可是這是什麼遊戲？看起來就像我住的社區。有樹木、小鳥、汽車和各種東西，可是我看不到有什麼奇怪或有趣的事情可做。我開始按來按去，注意到我好像可以控制一隻松鼠。但我不知道要怎麼讓牠飛起來，或是從眼睛射出雷射光。

　　這個遊戲真是無聊透了，可是**好**逼真。

　　……那是我們家嗎？

　　我摘下頭罩，望出窗外。那隻松鼠（遊戲裡的那隻）就在我們家的人行道上。

　　「克勞德！」

第 26 章

　　「嘿咿咿，至高的主人！真高興您來電，」澎澎毛說，「我真心想請教您一件事。」

　　「奴才，我打來不是要聽你講話的，我打來是要你聽我講話。」

　　我提出殭屍光束測試的完整報告。

「效果比我原本預期的還好，」我通知他，「艾克隆上校的傭兵松鼠可能會為了得到葛格尼栗子而工作。可是，這些殭屍化的松鼠什麼都不必給就會幫忙！艾克隆要是看到我對他們做什麼，肯定會氣得吃掉自己的尾巴。」

「他肯定會氣得咬牙切齒，噢無所不能的大王。」澎澎毛微笑，「他生起氣來，總是好可愛。」

「確實如此。可是，澎澎毛，我們一定要考慮下一步要怎麼走，」我說，「也就是，我們該如何讓整個地球都籠罩在殭屍光束的光呢？」

「我們可以發動幾千架無人機。」我的奴才提議。

「唔，當然可以，**前提是**，人類創造出來的無人機，性能必須比受傷的老邁小鳥好才行啊。我手上這架無人機動作笨拙，活動範圍又小，我幾乎什麼事都做不了。」

「如果使用衛星呢？」澎澎毛問，「他們一定有手持式的火箭發射器，對吧？」

我嘆氣。「差得遠了。不過，你的提議倒是給了我一個靈感。」

儘管有不少科技上的缺陷，人類還是成功發射

過不少衛星到軌道裡。這些龐大原始的裝置運用高頻電波，將資料傳到地球表面。更改這些衛星目前的軟體，轉而用來放送虧機電波——換句話說，每個衛星都可以成為繞行的巨型殭屍光束。這個星球就會落入我的股掌之間！

「也許甚至可以趕在宇宙中最重要的節日之前完成。」我宣布。

澎澎毛的耳朵豎起。「說起至高領導的宇宙日，我想多請教您一點關於……」

「克勞德！」男孩妖怪從樓上大喊，可能想讓我看看他在那無趣的模擬遊戲裡什麼「超酷」的東西吧。

同時，我的僕人繼續喋喋不休，但我一個字也沒聽進去。

我正忙著計畫征服星球，實在很難同時無視兩個蠢蛋。

男孩妖怪繼續呼喚我，我打斷澎澎毛。「別再問了，開始開發能用在地球衛星上的軟體。我會盡量多買些衛星，好讓我的殭屍光束在這個悲慘星球廣為散布。」

「要買那麼多物品，那個叫『錢』的東西，您

夠嗎？」

　　我嘲笑。「當然了！錢我需要多少，就有多少！我不只是**開發**了喵幣，而且幾乎全部留給了自己！」

　　背後傳來倒抽一口氣的聲音，真不悅耳。

　　是男孩妖怪。他恐怕已經聽到他不該聽的內容。

第 27 章

我真不敢相信。

我到地下室問克勞德，他是不是對社區裡的松鼠亂來，卻意外發現是他創造了喵幣。

現在全都說得通了！我怎麼會沒察覺？喵幣？創立者是個匿名的**天才**？又有誰會是**恐怖組織**？

當然是我的貓了！

克勞德擁有的不只是二十塊喵幣——整個公司根本都是他的！

我一定是倒抽了一口涼氣，因為克勞德忽的轉過身來，怒瞪著我。「要先敲門，都說多少次了，妖怪？」

我不得不坐下來。「我真不敢相信。喵幣是你開發的？」

「對。」克勞德說。

「可是……怎麼……」

「其實，就跟小貓遊戲一樣簡單。」

「你，是不是——」我先停頓一下，才有辦法說出口，「**百萬富翁？**」

「別荒唐了。當然不是，」克勞德猛甩尾巴說，「我是你們小地球人所謂的**億萬富翁**。」

「我的貓……是……**億萬富翁**？」我說，「**那是全宇宙最酷的事了！**」

「是啊，難道不是嗎？」克勞德邊呼嚕邊說。

接著，他用力的抓了我。

「哎唷！你幹麼啦？」

「首先，為了你說『我的貓』而懲罰你。再來，因為我就是想抓。」他若有所思檢視自己的爪子說，「爪子需要磨利點。」

我真的很難接受這一切。我的貓——是邪惡的外星創業家！他是怎麼辦到的？這又是什麼意思？更重要的是，有了**十億元**，我們可以做些什麼呢？

什麼都能做！我可以買一棟新房子，放滿我想要的所有東西！我可以下載史上所有拍過的電影！裝一個按摩浴缸！我們**絕對**需要一個按摩浴缸。

「我們好有錢喔！」我跳上跳下的大喊著。

「不，有錢的是我，」克勞德說，「**你**還是今天早上醒來那個一窮二白的乞丐。」

「噢，別這樣嘛！」我說，「你用了我的電腦，總要分我一**些**錢吧！」

「說得彷彿那件廢物就能創造出電子貨幣一樣！」他說，「構想是我的，必要的計算和程式設計，是我在砂盆星上的奴才執行的。」

　　我翻翻白眼。「好吧。如果你不分我，至少讓我幫你一起**花錢**吧。我們應該買什麼？一座城堡？一座島？噢，等等——我知道了！」我說，站了起來，「**一座島上的城堡**，還有一架可以載我們過去的直昇機！」

克勞德往後壓平耳朵。

「安靜，妖怪！」他說，「你都害我頭痛了。」

可是，我就是忍不住啊。「我們去歐洲吧！或是阿拉斯加——我一直想去阿拉斯加。我們不能太自私！我們買望遠鏡送雪松吧，不管史提夫想要什麼，我們也買給他——」

突然間，我想起來我人應該在哪裡。在他們身邊一起耙落葉才對。

我知道我應該去，但我必須幫忙克勞德花錢，對吧？我是說，他是太空貓。他不知道該買什麼。

我拿出手機，發簡訊給雪松和史提夫。

抱歉！！！我得做功課。下一份工作我一定到場，我保證！

第 28 章

　　我一直沒讓男孩妖怪知道我的大筆財富，我知道他會不停要求買奢侈且無意義的人類小玩意兒，像是叫做「鑽石」的閃亮石頭，或是大型的豪華電動船。（彷彿任何腦袋清楚的生物會**選擇**在水上航行一樣）。

　　這些人類對消費，對購物，對擁有東西都上了癮。他們難道不知道，人生中最重要的事情，永遠是那些你既碰不到，也擁有不了的東西，更不要說購買了？

　　像是權力，像是支配，像是羞辱你的敵人！

　　不過，我之所以不想告訴他，還有另一個原因，這和他那最不吸引人的特質有關：恐懼。

　　我知道一等坐擁財富的興奮感過去，他就會陷入緊張與恐慌。確實如此。

　　「等等，克勞德，」他說，「這些事情……合法嗎？」

　　「當然合法，」我豎直鬍鬚，「沒錯，**絕對合法。**」

他扭曲的臉孔讓我知道,他並不完全相信。

「你訂來的那些東西,」他說,「上面都是**我的**名字。要是有人以為是我偷的呢?我是說,也許那個電子貨幣是你發明的,可是我沒有任何喵幣。而且你的祕密身分怎麼辦?你是 X 先生。要是有人追蹤你到我們家怎麼辦?」

「噢，別蠢了，拉吉，」我用最撫慰人心的語氣說，「那些事情我都想過了。人類的工具無法追蹤我的存在。好了，你剛說到直昇機的事，對嗎？我相信 VQ 裡有個不錯的模擬器。你要不要去試試？看看是不是想要我買台真的給你。」

　　「唔，我**的確**需要到星咖克拖地，」他說，「而且我在《快樂谷中學》還有個加分作業，可以把我的成績再往上拉。」

　　「這樣才是乖人類！」我說，「去吧，現在。去吧……」

第 29 章

「什麼？我聽不到！」我嚷嚷，摘下 VQ 頭罩。

「拉吉，我們的客人到了！」媽在樓梯那裡往上喊。

客人？噢，對——琳荻和她媽要來吃晚餐。就在我準備邀請棋藝社團的美人魚，一起參加學校舞會的這時候。

他們已經坐在飯廳裡了，爸正在吹噓我的草坪養護事業發展得多順利。

「你們應該看看他買的那些東西！」

「**噓噓噓**，爸！」我說。

如果他繼續大談我近來賺進的錢，安妮肯定會認為她付太多錢給三園藝客。更糟的是，我可能必須繼續工作。因為最後總會**有人**注意到，我不可能買得起克勞德買給我的東西。

「但我好以你為榮，兒子！」

「真不錯，」安妮對我露出爽朗的笑容說，「我想你一定忙著打工和課業，所以還沒來清我們家的水溝。這你該不會忘記了吧？」

我正準備編個蹩腳的藉口時，爸說了個牙醫故事拯救了我。遺憾的是，他講牙醫故事講個不停，直到我們坐在餐桌邊。

「我告訴你們，」他搖著腦袋說，「看人的嘴巴裡面，就會知道很多那個人的事。」

「看人的電腦，也會知道很多那個人的事！」安妮說，然後對我眨了眨眼。

我尷尬的想起克勞德所有古怪的搜尋紀錄。接著我想，**希望裡面沒什麼跟喵幣有關的東西**。

「聽說你從事電腦方面的工作？」我媽問安妮。

「唔，對。」她說，突然有點害羞的樣子。

「你在哪裡高就？」媽問。

安妮花了很久時間，才把嘴裡那口菠菜千層麵嚼完，「唔……」

「我媽在FBI（聯邦調查局）工作。」琳獲得意的說。

FBI？我差點嗆到。我還以為她在Apple店或什麼地方工作呢！

「我其實不太喜歡告訴大家，因為說了以後，大家就會有奇怪的反應。」

「**不要逮捕我！**」爸說，舉起雙手，傻氣的哈哈笑。

媽不理他。「真有意思，」她說，「你專精哪個領域？」

「大多是網路犯罪。」

我突然覺得好熱。我注意到克勞德已經從我房間下樓，正坐在樓梯那裡，直直盯著琳荻的媽媽。

「哇，」爸說，「哪種網路犯罪？」

「我處理很多高階的詐騙和金融竊盜，」安妮說，「可是我個人最有興趣的是電子貨幣。」

現在我有強烈想離開的衝動。我和克勞德對上眼。他用嘴型默默說：**冷靜，妖怪！**

「說到電子貨幣，我有個喵幣！」爸說，「我告訴你，如果當初多買幾個，我就不用當牙醫了。」

「唔，不要太倚賴它，」安妮說，「每個價值上漲的電子貨幣最後都垮了。不過，這個新的喵幣確實還滿獨特的。」

「怎麼說？」我緊張的問。

「唔，首先，背後的科技很不尋常，」她說，「其中的加密技術是我們前所未見的，彷彿運用了**外星**科技。不管開發喵幣的是誰——大家所謂的 X

先生——肯定是某種天才。」

　　克勞德走下階梯，繞了她的腿一圈。

　　「哇，他從來沒那樣對我過！」爸說，「他真的喜歡你。」

「可是這個天才，」我說，「沒違反法律吧？」

「這個嘛……」安妮頭歪一邊說，「這種科技很新，很難說什麼合法，什麼不合法。在電子部門裡，我們必須持續追蹤替代貨幣，因為有時候它們會用來資助犯罪活動（或更糟）。

如果我們發現，X 先生在做什麼邪惡的事情，那麼……」她停下來喝了一口水，「這麼說好了，等我們逮到他，我不會希望自己身陷**他的**處境裡。」

聽到這句話時，克勞德逃到地下室去。我真希望**我**可以逃離。逃出這個國家。

「不過，我不應該一直講這些電子事情，害你們覺得無聊！」安妮說著便拿起一片大蒜麵包，「對了，有沒有人注意到，社區裡的松鼠最近表現得很奇怪？」

第 30 章

　　一如往常，妖怪們證明自己是宇宙間最不理智的物種，即使在晚餐聚會上也是。該吃飯的時候，正常的生物會把其他顧慮暫且擱在一旁，專心做該做的事：**吃飯**。反之，人類卻叨叨絮絮講個不停，丟著食物不管。

　　這場對話──照例──枯燥到了極點。直到令人著迷的話題出現。

　　我自己。

　　隔壁的母親妖怪原來是某種政府機構的人員，負責偵察網路世界。也許這就是為什麼她會看出，我的無人機正在監視她。不過，更重要的是，她看出了喵幣和它的創造者有多麼天才。

　　現在都確認了：這個母親妖怪是現今活著最聰明的人類。

　　比較不受歡迎的消息，則是她的機構密切注意著喵幣。我趕緊到地下掩體，來一場消化小睡。無奈的是，男孩妖怪不久後就來打擾我。

　　「你聽到琳荻媽媽的職業了嗎，克勞德？」他

用最歇斯底里的語氣說，「她專門替 FBI 調查網路犯罪！」

「那是什麼意思？」我回答，「『無毛無腦的白痴』（Furless Brainless Idiots）嗎？」

他還是沒聽懂我的幽默。

「FBI 專門把罪犯關進牢裡，克勞德！」他說，「你用喵幣買的東西，全都用我的名字。要是 FBI 弄清楚，花掉那堆喵幣的，就是喵幣背後的推手，他們會以為我是那個天才！」

「噢，不，」我說，「沒人會這麼以為。」

「你對那些松鼠做了什麼？」他說了下去，「安妮也提到牠們！」

「松鼠，什麼松鼠？」我說，「你開始有點神經質了，拉吉。」

「我只是不想讓我們惹禍上身，」他悶悶不樂往下看，「我開始覺得，我們應該跟安妮說老實話。」

「你指的是**坦白**嗎？」我說，「真正的戰士永遠不會做那種事！」

不過，我看得出他正認真考慮這麼做，於是我決定換個策略。

「欸，拉吉，」我盡可能柔聲說話，「我全都遵循你們地球的法律來操作，一切按照人類的規矩走。我之所以大獲成功，原因很簡單：是因為你們都很蠢。」

「所以，你真的沒做什麼違法的事嗎？」他說。

「沒有，並沒有。」

只是時候未到。

因為——儘管還沒讀過地球歷代各種軍閥的刑法實錄——我確實必須假設，運用一整個軍隊的殭屍松鼠來占領這個星球，讓自己成為永恆的獨裁者，肯定會打破一兩個法規。

第 31 章

　　我正在《星咖克》工作，試著調製焦糖抹茶拿鐵，可是機器出了問題。我轉身向點餐的客人道歉，可是客人根本不是人類，而是《快樂谷中學》裡的體育老師。他又換了皮，所以看起來不一樣，可是從他兩個腦袋上的棒球帽和掛在脖子上的口哨，就可以認出是他。

　　突然間，我聽到警報聲，接著有更多生物走進星咖克，可是牠們不是顧客，而是蜥腳類動物的 FBI 探員。我不知道我做錯了什麼，但我知道自己心虛。牠們將我套上手銬，我爸媽也在場，可是幫不了我。然後我看到克勞德。

　　「救救我！」我對他說。

　　「抱歉，我認識你嗎？」他問。

　　然後，我感覺腳趾被咬了。

　　「哎唷，克勞德！」我把腳從他身邊抽開，「你可不可以別再這樣做？」

　　不過，要不是克勞德扮演鬧鐘貓，我可能就會睡過頭了。我好累——不是因為我昨天晚上熬夜玩

虛擬真實遊戲，而是因為我夢見自己在玩虛擬真實遊戲。而且，我在每個遊戲裡都被逮捕了。

在走路上學的途中，我看到半打的松鼠在人行道上，跳過我身邊。看起來好像要去我家。克勞德到底在打什麼鬼主意？

其實，我並不想知道。

「感覺好一點了嗎？」雪松在我們會合的街角上問。

「我想答案是**沒有**，」史提夫說，「他看起來更糟了。」

「你確定你適合上學嗎，拉吉？」雪松問，「這不可能是過敏。你已經一個星期沒跟我們一起在庭院工作了。也許你得了流感。」

我真希望可以請假一天，但我媽認為，只有住院才可以不用去上學。

我們抵達學校時，我感覺收到簡訊的震動，於是從牛仔褲撈出手機。

是琳荻的媽媽——安妮傳來的。

> 有件事我非常擔心，你放學後能不能過來一下？

我吞了一口口水。

第 32 章

最後，已知宇宙最重要的假日終於到了！它紀念著我的生日，稱爲**至高領導的宇宙日**。

不過，今年沒有規劃任何慶祝活動——三花女王明令這是違法的，我詛咒她——可是，我相信砂盆星上一定有不少貓懷念這個大日子，他們肯定會自己慶祝的。

作爲送給自己的禮物，我要買用來散播殭屍光束的衛星。我找到有人在賣一整個網絡的衛星，而一百二十億的價格看來還滿合理的。

可是首先，我會搜尋探員妖怪的電腦。當我一進入她的無限介面網絡時，要駭進她的裝置，簡直輕鬆到可悲。

我之所以這樣做，不是因爲我跟男孩妖怪一樣恐慌，而是我認爲她可能有關於我更多的好話要說。在她的電子郵件裡，我發現她確實說了。看到自己被稱爲**絕頂聰明、瞞天過海、侵略成性、腐敗惡毒**時，我發出了呼嚕聲。這番美言任誰聽了都會開心吧？

我也讀到她計畫「中止」我的陰謀。儘管她可能是這個星球最聰明的生物，但她畢竟**是個**妖怪，所以我幾乎不擔心。

　　不過，戰士必須保持警戒。我必須派出松鼠，小心監視這個「安妮」。我闔上拉吉的筆電，戴上 VQ 頭罩。不過我這麼做的瞬間，就碰上了最意想不到的事情。

　　一道綠色閃光。

第 33 章

接到安妮的簡訊後，我根本無法專心上課。她那麼擔心的是什麼？跟喵幣有關嗎？她不可能懷疑誰是背後真正的推手吧，因為他是貓。那她懷疑是我嗎？還是我爸媽？她會把我們帶去訊問嗎？

「地球呼叫拉吉，」數學課坐我隔壁的女生莎拉說，「看到你面前的小考了嗎？你可能應該考慮做一下。」

什麼？我低頭望向我的課桌。是隨堂抽考。我盡力了，可是腦袋幾乎轉不動。

$\frac{2}{3}$ 的 6 次方是多少？$13\frac{2}{9} - 9\frac{3}{16}$ 是多少？

我怎麼會知道？

我是最後一個交卷的小孩，我花了那麼久的時間，萊斯老師都已經在打其他人的分數了。她快快看了我的小考一眼，然後抬頭看我。「拉吉，你**明明**知道 18 除以 2 不等於 5。你還好嗎？」

最近大家都這樣問我。雖然我有 VQ 和自己想要的其他東西，答案卻總是「**不好**」。

鈴聲響起，表示我們該去參加那超級無聊的全

校集會，再來是更無聊的法文課。（那個老師甚至不懂法文。）不過，難得我不希望趕快放學，因為那就表示我得去跟安妮談談。

第 34 章

　　我被吸進過數不清的蟲洞，可是這次不同。也許因為來得很意外——也或許是因為我被放在**這裡**，在這個冰冷灰色、看來像是死小行星的表面上。我朝天空望去，令我震驚的是，眼前正是宇宙絕美的景象：雄偉壯闊的砂盆星。

　　可是等等——如果砂盆星在上面**那邊**，那就表示我在 87 個月亮中的其中。而唯一一個這麼荒蕪的，就是第 36 個月亮，以超音波旋風和會吃貓的雪怪而惡名遠播。

　　我為什麼被帶來這裡？誰做出這麼過分的事？什麼樣的**蠢蛋**會如——

　　「至高領導宇宙日快樂，噢，至高無上的領導！」

　　啊，對。

　　「你幹了什麼好事？」我對著我的奴才吼道，「我剛剛正在監視我的新死敵！快把我送回家，你這蠢才！」

　　「家？」澎澎毛重複，「可是您不能回家啊！

您還是聞屁股的威斯苛。」

「不是**那個**家，笨蛋。我是說地球！」

「哇，您現在把**地球**稱為家了嗎？」他問，「您還好嗎，最崇高的大王？地球有毒的大氣該不會終於影響到您了吧？」

「地球永遠不會是我的家，」我咆哮，「它只是我清單上要征服的下一個星球罷了。現在把我送回去，我才能進行！」

「欸，大王陛下，地球明天還會在那裡等著您征服——就像宇宙裡十億個更好的星球一樣，」澎澎毛說，「您總是這麼努力在籌劃邪惡的陰謀。您必須學習稍微放鬆點，尤其在您這個特別的日子裡！」

我的爪子隱隱發癢，想要劃傷他。「『把我送回去』這句話有哪部分你聽不懂？」

「別這樣嘛，」他說，「來您最愛的月亮上走走，不是滿好的嗎？」

「你這白痴！」我說，「我跟你說**第 63 號月亮**是我的最愛！」

他瞪大雙眼。「噢，對！我老是把這兩個月亮搞混。我之前還在想，您會挑這個隨機噴發酸液噴

泉的月亮，還滿滑稽的。」

　　我再次要求他把我送回地球，那個蠢蛋竟然再度拒絕。

　　「有好多事情可以一起慶祝！」他說，「看看我幫您做了什麼！」

　　他讓到旁邊，在他背後，我看到一座——「那是什麼？」

威斯奇

　　「您的雕像啊！」他得意的呼嚕，「完全用奶油做成的喔！」

　　我打量得更仔細，肖似程度令人折服。

　　作為雕像，我**向來**有模有樣。

第 35 章

　　我才剛敲門，安妮就立刻來應門了。她的笑容沒有以往那麼爽朗。「嗨，拉吉，」她說，「謝謝你過來。還好嗎？」

　　「呃，還好。」我說，雖然過去七個小時我都在擔心。

　　「好。唔，我之所以請你過來這裡，原因有點奇怪。是因為——」

　　「噢，嘿，拉吉，」琳荻說著便往外走到門廊上。通常看到她，我都有點心煩，但這時我卻有種得救的感覺。

　　「看看這個！」她走到肥軟虎斑那裡說，「躺下，查德！」

　　她回頭對我們露出燦爛的笑容。我和她媽都不忍心指出來，那隻貓原本就躺著。事實上，他老早睡著了。

　　「真是，呃，了不起的把戲。」我說。

　　「想看別的嗎？」她問。

　　「我必須跟拉吉談談，」安妮打斷了琳荻說，

「關於，嗯……**水溝**的事。」

水溝？呼——我原本一直以為跟喵幣有關！

「噢，對，抱歉，」我說，「我，呃，最近真的很忙。可是我可以馬上處理。」

我和安妮到車庫拿梯子的時候，她說：「其實跟水溝沒關係，拉吉，這跟我在你電腦上發現的東西有關。」

噢不。我的胃緊揪起來。

「在你家吃完晚餐後，我想起了你的搜尋紀錄，」她說，「我不得不承認，當你說那不是你搜尋的時候，我的確認為你在說謊。可是後來我轉念一想，你這樣的男生**為什麼**會找那樣的東西。」

「呃，我不知道。」

「我不是要嚇你，可是我看到我家四周有監視活動的證據。更糟的是，有人駭進我的電腦。我不確定他們是怎麼辦到的，除非他們先駭進**你的**電腦。」

我的手掌開始出汗。「那是怎麼運作的？」

「你住對街，你的電腦近到可以連接我的無線網絡，」她的笑容已經消失不見，「有沒有**其他人**用你的電腦，拉吉？」

我無法開口告訴她，是我的貓。

「呃，沒有，」我說，「至少我不知道。」

安妮看起來彷彿在認真思考這件事，然後再次對我微笑。「噢好吧，」她說，「我不希望你擔心這件事。如果這背後有壞人，我們會阻止他們的。」

我真的必須趕快離開這裡。我轉身要走。

「可是，拉吉，」她說，「我還是需要你幫忙清水溝。」

第 36 章

我想用爪子將他撕裂。

澎澎毛替我準備了彩帶，還有氣球。另外，有個小丑機器人負責將氣球扭成動物造型。

「這不是至高領導的宇宙日！」我吐了一口口水說，「**那個**節日要有狂奔的倉鼠！十億道雷射光的致敬！羽毛鋪地的勝利道路！這——這根本只是**地球的生日**！」

「可是，人類那場派對讓您那麼驚奇，我還以為這是您想要的呢。」

「我是對它的**野蠻程度**感到驚奇，你這蠢蛋！」我喊道，「現在送我回家——我是說，送我到地球去！」

澎澎毛的臉一沉。

「好吧，」他說，「我必須做最後一件事。」

我甩著尾巴。「什麼事？」

「替您唱首非常特別的歌。」

我願意做任何事情，只為了讓這件事情結束。即使必須聽澎澎毛唱歌。

「好吧。」我說，咬緊牙關。

澎澎毛發出呼嚕聲，然後開始嚎叫：

祝您至高領導宇宙日快樂
祝您至高領導宇宙日快樂
至高領導宇宙日快樂，
親愛的威斯苛！！
祝您至高領導宇宙日快樂

「**曲調根本不對**。」我壓低嗓門低嘶。

「什麼？噢輝煌的領導？」他問，「您是說您喜歡嗎？」

「我……**就是**這麼說的。　」

語畢，我轉身面對我的雕像。它**確實**相當美觀。

「好了，我要來舔我的肖像，直到吃光所有的奶油，然後你就能夠讓我返回地球，以便完成征服行動。」

「噢，我想您不會想舔那個。」澎澎毛說。

「什麼意思？」我說，「我當然想了。」

這傻瓜難得做對一**件**事。

我靠近自己的臉──我幾乎可以嘗到美味的奶油──然後舔了舔。結果，我的舌頭什麼也沒碰到。我再試一次，然後伸掌去摸這座雕像。我的掌子竟然直接穿透它。

　　「根本**沒有奶油？**」我說。

　　「唔，在宇宙這一側並不容易拿到這種東西，」澎澎毛說，抓了抓耳後，「您知道的，這是個模擬。」

　　「什麼？」我說，「你的意思是，這個月亮不是真的？」

　　「當然不是！這是送您的禮物──**虛擬的**兩貓至高領導宇宙日派對！」澎澎毛發出呼嚕聲，「別客氣！」

　　從好的方面看來，那就表示我只要摘下 VQ 頭罩，這場折磨就會嘎然而止。但不幸的是，這也表示我沒辦法將我的奴才五馬分屍。

第 37 章

通往我房間的樓梯似乎比平日都長。我只想忘記這一天，爬進床裡，可是床被我的貓霸占了。

「嘿，克勞德，移過去一點，讓我好好躺在我自己的床上一次，」我說，「我今天過得很辛苦。」

「妖怪，我才辛苦。」

「你哪裡辛苦了？」我說，「我今天早上出門的時候，你就在這個位置。」

「你錯得離譜。我被綁架了。我的蠢奴才開了個蟲洞，送我穿過宇宙，抵達有酸液噴泉的月亮！」克勞德說，「而且**絕對不是**虛擬真實的模擬。」

「哇，你越過宇宙，然後已經回來了？」

「對。我要求他把我送回地球，他當然總是照我的意思做事。」他對我瞇起眼睛。「所有的奴才都應該這樣。」

「等等，」我說，「你**要求**回地球？那就表示你現在喜歡這裡嘍？」

「別荒唐了，」克勞德喝叱，「我回來是為了征服它。」

「什麼？」我說，「你想征服地球？」

克勞德用一掌撫平鬍鬚。「呃，不，」他說，「那只是一種表達方式。」

那種說法很詭異，可是我沒去追究，因為我有事情想問克勞德。「安妮認為她的電腦可能被駭了——從**我的電腦**。你該不會知道些什麼吧？」

「當然不知道，」他說，「現在我得走了。」

他衝往地下室時，我有種滑稽的感覺：我的貓可能沒說實話。

第 38 章

　　我心煩氣躁。整整要多花好**幾天**時間才能征服地球。

　　錯都錯在妖怪和他們愚蠢的原則和規定。要買一打衛星，為什麼這麼難？

　　我已經用喵幣付了一百二十億，可是遲遲無法到手。要等所謂的「批准程序」跑完。

　　真是令人髮指。彷彿大帝有什麼需要經過批准似的！

　　我意識到自己在這個可恨的延遲期間，也不能無所事事，於是完成了九種基礎小睡狀態。在最後一個，也是最崇高的狀態裡──知識小睡──我領悟到，我尚未測試計畫裡最關鍵的部分。我的殭屍松鼠到底能不能有效破壞人類的電力網絡呢？

　　我必須找到一座用來實驗的建築物。雖然我需要一個大目標，可是也不想為自己的計畫引來注意。有沒有什麼建物可以承受電力中斷，而不會有人在意的呢？就是進行完全無意義活動的機構？

　　答案幾乎立刻浮現在我腦海中。

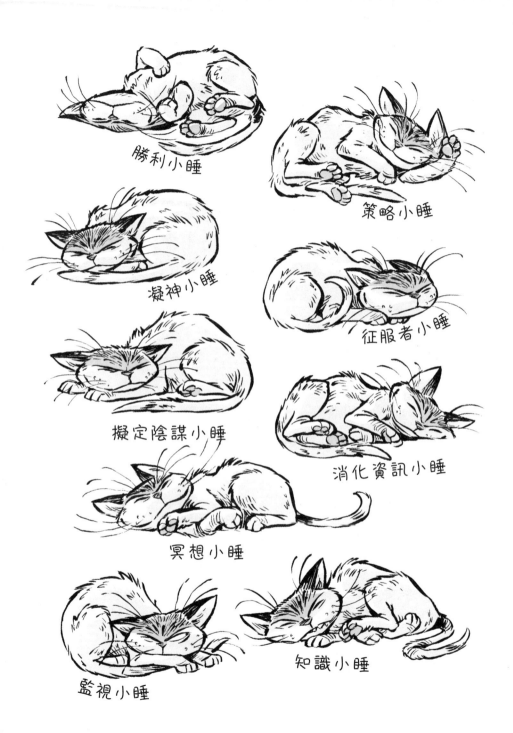

勝利小睡

策略小睡

凝神小睡

征服者小睡

擬定陰謀小睡

消化資訊小睡

冥想小睡

知識小睡

監視小睡

第 39 章

在教室裡，鐘響之後五分鐘，艾美喬老師的影像才閃了閃，出現在電子白板上。她眼神詭異，身上的棉衫比平日更閃亮。

「早安，書蛀蟲們，」她爽朗的說，「看來我有點遲到了！」接著她哈哈笑——可是不是那種善意的笑聲，「其實我原本根本不打算登入系統，不過我想我欠你們一個解釋。」

她在說什麼啊？解釋什麼？

「記得我說過，我的佛瑞德替我買了個喵幣嗎？」艾美喬老師說，「唔，其實他替我買了三個，它們現在的價值暴漲，我運動衫上的亮片可都是**真正的鑽石**。」她發出高亢的笑聲。「從幾千英里之外跟你們遠距教學，我一直覺得很愉快。而且很遺憾不能跟你們本人見到面，可是事情就是這樣。接著她雙手往上一拋。「噢，煩死了，我在騙誰啊？我一點都不遺憾！隨著每個鐘頭過去，我變得越來越有錢。我要辭職了！」

艾美喬老師因為喵幣要辭職。

如果我告訴她，她的電子貨幣**其實**是隻貓創立的，我很好奇她會說些什麼。

　　也許她會更喜歡。

　　「既然你要辭職了，」布洛迪舉起手說，「那是不是表示我們還要守規矩什麼的？」

　　她往前湊來，眼睛塞滿了整個螢幕。「我在乎才有鬼！我受夠了學校的事情。我們來──」

　　接著，她話都還沒講完就消失了。螢幕突然變黑了。事實上，所有的燈都熄滅了。我們目瞪口呆的待在座位上。

　　「她一辭職，我們就停電了？」有人問。

　　「我們該怎麼辦？」

　　很顯然的，就是坐在黑暗裡。

　　過了十五分鐘左右，歷史老師馬奎德老師走了進來。「你們在這裡做什麼？你們沒聽說嗎？全校都停電了。電線出了點問題。今天剩下的時間不用上課。」

　　聽到這句話，大家都開始歡呼。

第 40 章

這項任務以令人滿意的精準度完成了。我的松鼠小卒在幾分鐘內，嚼壞了男孩妖怪所謂學校的電線，然後就像「克林 897」星球的忍者影子浣熊那樣，在樹木間消失了蹤影。

摘掉 VQ 頭盔之後，我考慮來個勝利小睡。不過，我反倒打開了男孩妖怪的筆電，進行幾個關鍵搜尋。

> 地球衛星「批准程序」時間長度

> 妖怪為什麼要讓每件事都這麼困難？

> 請奶油雕刻師

> 附近的無餅皮無番茄披薩

我在搜尋晚餐的時候，訊息框框從螢幕中央彈出來。

> 我知道你在做什麼。

我感覺背脊上的皮毛豎了起來。

你做這種事，別想逃出法網。

做什麼事？企圖找到沒有噁心蔬菜的披薩嗎？

你的時間正在倒數，×先生。

這倒是有趣。我回覆了訊息。

這也太荒唐。我的時間是無限的！
還有，我瞧不起那個名稱。

那麼我該怎麼稱呼你？

我考慮要揭露多少真實身分。但在這片悲慘荒原上，我已經隱藏真實身分太久了！

你可以稱呼我……威斯苟！

下一行字過了幾分鐘後才出現。

你指的是貓鬍鬚嗎？

不是，你這無毛妖怪！並不是。

無毛什麼？

　　我頓住。我不想透露太多。有如古貓所說，認識敵人勝過於認識自己。

你是哪位？

換成自己的電腦被駭，感覺沒那麼好了是吧，威斯苛？

　　啊，所以是對街碉堡的那個探員妖怪！她似乎認為自己可以挑戰我。荒謬極了！不過，能夠有個對手也不錯——尤其是無望成功的。她又打了另一則訊息來。

我們已經盯上你跟你的陰險計畫了。

我的掌子像閃電一樣，在鍵盤上快速移動著。

你不知道我已經變得有多強大。只差一小步，我就會攻占整個地球了。你們根本拿這件事毫無辦法，人類！

我等待回應，但卻遲遲等不到。她在做什麼？唔，我倒是有辦法可以查出來。

第 41 章

　　既然課堂在開始後二十分鐘左右就結束了，雪松和史提夫決定，我們應該提早到安妮家。雪松想把枯葉裝袋完畢，而且我們都想吃更多餅乾。

　　除了烤餅乾，我並不想去那裡。我還是擔心安妮會查克勞德的事。不過，我很高興能跟朋友一起活動，我還滿想念他們的。我把落葉剷起來放進袋子裡時，感覺連過敏狀況都變好了。

　　「看吧？」雪松說，「我就說是流感。」

　　對啦，是 VQ 流感，我暗想。也許治療對策就在戶外。**真正的戶外**。

　　工作結束以後，我按響安妮的門鈴。

　　一分鐘過後，她來應門，看到我
們的時候，似乎滿詫異的。她掏錢的
時候說，「噢，糟糕！我今天忙工作
忙到忘了烤些餅乾請你們吃了。」

　　「噢，沒關係。」我說，雖然我
滿失望的。我一直想來點餅乾。

雪松和史提夫跳上腳踏車要回家，我轉身要穿過街道。

　　「嘿，拉吉，你可以慢點走嗎？」安妮呼喚。

　　我感覺肚子打了個結。她**現在**又有什麼需要跟我談的嗎？

　　「我正在電腦上忙，所以只有一下子空檔，可是我需要問個問題，」她說，「『無毛妖怪』這個詞對你來說有任何意義嗎？」

　　我的心跳開始加快。

　　「呃，沒有耶，」我說，努力不要讓自己聽起來像在說謊，「那是童書書名還是什麼的嗎？」

　　「不是……」安妮說，「老實說，我不知道是**什麼**。那『威斯苛』呢？對你來說有意義嗎？」她突然一臉擔憂。「拉吉，你還好嗎？」

　　不，我並不好。「我沒事。」我沙啞的說。

　　我這麼說的時候，有片葉子落在我頭上。我往上一瞥，看見一隻松鼠正往下盯著我們，彷彿在偷聽我們的對話。看起來就像長了毛的滴水嘴獸。

第 42 章

　　以「單一松鼠模式」來操作殭屍光束，我透過蹲踞在樹枝上的小卒眼睛觀看。從這個優勢位置，我觀察到探員妖怪企圖盤問我的人類。

　　我很滿意他在壓力下並未屈服；也許他這人還有希望。顯然，這個探員妖怪全心全意想要阻撓我。

　　最能彰顯一個強大大帝的才識過人，莫過於有個敵手急著想要擊潰他們，這點當然令人心情暢快，即使對方只是區區人類。

　　男孩妖怪逃離探員妖怪身邊，走進我們的碉堡時，我就看不到他的影像了，但聽到他上樓的笨重腳步聲。（真是吵雜的野獸啊，這些妖怪）。我摘下 VQ 頭盔時，發現那個人類表情嚴肅的瞪著我。

　　「欸，哈囉，拉吉，」我說，「你今天提早回家了。學校是不是比平日少了點電流啊？」他一時滿臉困惑，然後搖了搖頭，用手指著我。「琳荻的媽──你知道的，就是那個 FBI **探員**──為什麼問起『無毛妖怪』？」他質問，「你是不是在線上跟她閒聊？」

我在他的睡眠平台上蜷起身子。「絕對沒有。我以我奴才的生命發誓。我以**你的**生命發誓。」

　　「你騙人，」他說，「我知道，因為你也跟她說了你叫威斯苛！」

　　我發出呼嚕聲。

　　「好吧，確實，」我說，「我一直在跟她傳訊息。我們就是那種一般稱為『敵人』的特殊朋友。」

　　「她說你是『恐怖組織』耶。」

　　「我知道，這樣**算是**讚美。」

　　「我不認為你懂得那個詞的意思。」

　　「我也不認為**你**懂得。」

　　男孩人類唉唉叫。「她會逮到你的。」

　　「她阻止不了我的。」

　　「要阻止你**什麼**？」

　　我的陰謀現在已經沒有逆轉的可能，所以何必隱匿不說呢？

　　我一五一十告訴了妖怪。

第 43 章

聽完克勞德解釋後，我的雙腿差點癱軟。

我的邪惡外星貓大帝是個有十億身價的科技創業家，買了一整個網絡的衛星，意圖透過殭屍松鼠占領地球。而阻擋得了他的，湊巧就住在對街，付錢要我整理院子，部分的薪資用餅乾代替。

是誰說電影不夠寫實的。

「可是，克勞德！」我說，「你為什麼想征服地球？」

「你的反應真令我意外，」他說，「我以為我對你的星球產生興趣，你會覺得開心。」

「可是什——那是——」我吞吞吐吐——「你必須——」

「好好說話，人類。」

我深吸一口氣。

「你不能征服地球，克勞德，」我說，「你就是**不能！**」

「事實上，我可以，」他說，「你到底在擔心些什麼啊？」

「我為什麼**擔心**？你瘋了嗎？」

「我不會對**你**怎麼樣的。你已經在服侍我，」他說，「你會是我的頭號嘍囉。」

「可是，沒人會隨便跑去買十二個衛星，」我說，「它們在**太空裡**耶！」

「其實呢，人人都**可以**買衛星，」他說，「只要他們有一百二十億。」

「一百二十億？你剛剛花了**一百二十億**？等等──算了。」我說，「因為那些都無所謂了。琳荻的媽媽已經盯上你了！你必須放棄整個計畫。」

「說得彷彿我在即將征服地球的此時此刻，願意投降一樣！」克勞德一甩尾巴，「況且，我很高興有這位探員妖怪。因為如果沒有至少一個敵手試圖阻撓我，稱霸世界又有什麼樂趣呢？」

房間裡是不是很悶熱？我心想。

我走到外頭去，路過正好回家來的爸。

「嘿，小老弟，」他說，「你要去哪？」

「我要去透透氣。」我說。

接下來不知有多久，我恍恍惚惚的在社區裡遊蕩。

我會被逮捕嗎？

我的**貓**會被逮捕嗎？

還是會跟著松鼠大軍成功征服全世界？

有好多事情要擔心，我不知道該挑哪個？

第 44 章

　　終於！又過了另一個沒完沒了的地球天，不過，衛星的買賣已經核准通過，我現在擁有控制衛星的必要識別碼。其他該做的，只剩下上傳殭屍光束軟體了。我幾乎欣喜難抑！

　　我用通訊器聯絡澎澎毛。「你升級好了嗎？奴才？」

　　「當然，噢輝煌的大王，」澎澎毛說，「我原本有點被難倒了，不知道要怎麼設定這些原始的人類衛星，可是我到遠古歷史博物館，找到了結構一**模一樣**的貓族衛星！我成功使用了同樣的軟體，雖然已經是二、三十萬年前的東西。」

　　「幹得好！」

　　我知道──稱職的領袖永遠不該稱讚手下。可是當前的狀況非比尋常。

　　「我真的很想看看結果如何，」澎澎毛完成上傳之後說，「我不得不說，這次的邪惡陰謀可能是我最愛的一個。我是說，松鼠耶！可愛死了！」

　　我戴上 VQ 頭盔時，一聲呼嚕震遍我全身。我

開啓「**全球模式**」，以便同時讓地球上所有的松鼠出任務。

「3-D 地圖！」我下令。

同時，旋轉中的虛擬地球出現了，交錯在上面的線條就是這個星球的電力網絡。我只需要對我的殭屍松鼠下令，地球的電力供應就會被截斷，讓整個星球跪地求饒！

呼嚕！

「殭屍光束：預備！」我下令，「**松鼠：發動全球攻擊！**」

立即就會見效！

立即，我說！

立即？

「您控制住地球了嗎？偉大的主人？」

「閉嘴，蠢蛋！」我說，「出狀況了！」

錯誤訊息 692976

詛咒 87 個月亮！這是什麼意思？

「看來有人讓那些衛星離線了。」澎澎毛說。

我暴跳如雷的拋下頭罩。

是誰幹的好事？利牙根本不知道這項計畫——我的其他敵人也都不知情。唔，除了——

不！不可能！不會是……一個**人類**下的手吧。

有可能嗎？即將征服地球的興奮感，讓我一時疏忽，忘記監視探員妖怪。我望出窗外，看向她的碉堡，她就在那裡。不是在裡頭，而是站在人類所謂的「前側草坪」上。

我的前側草坪。

還有其他妖怪逐漸朝碉堡走來。或者我應該說，入侵我的領地。他們全都穿著夾克，背上印著「無毛無腦白痴」的縮寫字母。

情勢這樣發展真是惱人。

第 45 章

「你們這些小寶寶能不能閉嘴啊？」蠍子從臥房窗戶大喊，「我想打完《變態戰士七》的第八十三級。」

史提夫正準備朝我丟一堆溼掉的落葉時，突然停下動作。雪松原本捧著黏乎乎的葉子，從史提夫背後悄悄靠近，也一樣停住了。顯然，我們不應該進行落葉大戰——應該好好清水溝才對。

蠍子繼續往下怒瞪著我們。「況且，」他說，「你們這些魯蛇難道不知道，**幫傭**應該保持安靜嗎？」

我、史提夫和雪松面面相覷。然後我們把黏乎乎的葉子，往上丟向蠍子的窗戶。我們沒打到他，不過看到他臉上的害怕表情已經值回票價了。

結果發現，身為三園藝客之一還滿棒的，工作其實很有意思。你知道的，一旦你開始偷懶。

整體來說，這是我這幾天以來覺得最棒的時刻。VQ 把我的腦袋弄得迷迷糊糊，其實我不用每天到星咖克去值班，克勞德也不會真的占領地球——

他可能又迷上貓草了。又不是說FBI會來逮捕我。

我們在回家的途中買了冰淇淋。我們轉進我家那條街時，史提夫用他手中融化中的甜筒指著我家方向。

「嘿，拉吉，」他說，「你家車道上的那些廂型車在幹麼？上面為什麼都寫著 FIBBIE ？」
（FIBBIE 是俚語，指的是聯邦探員）

呃－喔。

　　入侵的妖怪似乎即將就定位，準備進行準軍事
突襲。這雖然有點不方便，但也頗有教育意義。說
到底，我還是得研究人類的攻擊和圍攻技巧。

　　那些探員妖怪走近前側閘門時，我納悶著他
們要怎麼進來。他們會用強壯有力的人腿把門踢開
嗎？還是用雷射光讓前側閘門碎解掉？

　　叮－咚！

　　他們竟然按門鈴？那些蠢蛋！這哪是突襲碉堡
的方式。

　　可是，入侵者的戰術失誤給我們更多時間準備
反擊。我考慮向父母妖怪揭露我的身分，這樣我們
就能聯手奮戰。但接著我考慮到別的事情。

　　我可以只救自己，又何必救他們？

　　我迅速將 VQ 頭盔跟通訊器，藏進我的砂盆指
揮中心，然後用沙子蓋住。

　　接著，我登上樓梯，卻發現母親妖怪心甘情願
向我們的敵人敞開閘門。她毫無掙扎就束手投降了
嗎？如果是父親妖怪，我倒不意外，可是我沒想到

她竟會這樣。

為了保護自己，我佯裝成地球貓。

「喵－嗚，」我說，「喵－嗚，喵－嗚？」

可是，我不知道接下來該做什麼。接著我想，肥軟會怎麼做？

當然了！我應該吃點噁心的乾乾。我擔心咀嚼那些硬梆梆的丸子，會害我的尖牙鈍掉，所以我整個吞掉。我這麼做的時候，冒險往上一瞥。根本沒人在看我。

我真的可以瞞過那些無毛無腦白痴嗎？雖然明眼人一看就知道，**我**就是這座碉堡的犯罪首腦。

那個鄰居人類盤問父母妖怪。她問了很多關於威斯苛的問題，但我的人類只是困惑的搖著腦袋。

我意識到我低估了那個鄰居妖怪。也許她不夠格得到「勁敵」這個崇高稱號，但這個敵手的能耐已超過我原本認定的。

我膽大無畏的走過去，賜予她腿掃旋，同時讚許與嘲弄她。要是她知道自己急於尋獲的那個陰險天才，就在她鼻子底下，她該會多麼震驚啊！

呼嚕。

我納悶她計畫怎麼處理我的人類。她肯定會監

禁他們，可能會用線繩穿過他們的平扁指爪，將他們吊掛起來。也許她會強迫他們從事勞動。我懷疑他們再也無法重見天日。

啊，這個嘛，發生在他們身上，總比發生在我身上好。

謝天謝地，男孩妖怪不在家。

我希望至少他能躲開懲罰。說到底，還是需要有人將冰箱塞滿乳製品。

　　到現在，其他無毛無腦白痴擠滿了整座碉堡，移除各式各樣的人類科技用品，像是那個大大扁扁的裝置，禿頭妖怪平日回到家，就無止無盡的坐在前面。

　　我只希望他們把那張不堪入目的沙發也搬走。

第 47 章

我僵住不動。我該怎麼辦？自首嗎？我該怎麼做——舉起雙手嗎？可是我到底要自首**什麼**？

我看著兩個 FBI 探員扛著我們家的電視從屋裡走出來。後面跟著另一個探員——這位直直朝**我**走來。

「呃，我想我們應該走了。拉吉。」雪松說。

「對啊，我想我聽到我媽在叫我了。」史提夫說。

「等等！你們，別走啊！」我對著他們的背影小聲說。

我再次轉身，發現自己直直盯著「F-B-I」。這些字母，橫向縫在探員的夾克上。這個探員塊頭大得跟足球後衛一樣。我抬頭一看，看到的不是他的眼睛，而是我自己，映在了他的鏡面墨鏡上。好可怕。

這個探員舉起徽章。「我是賈克森探員，」他說，「你是拉吉‧班內傑嗎？」

我只能點點頭。

接著他摘下眼鏡，給我一抹笑容。「很高興認識你！」他伸出他的大手。

我花了點時間才意識到，他希望跟我握握手。這麼一握，我覺得手指骨頭彷彿碎掉了一半。

「請跟我來，我想有事情需要你解釋一下。」他說。

我吞了吞口水，跟著他踏上門廊，走進家裡，發現爸媽正在跟安妮講話。

而且她正在道歉。

安妮轉向我。「整件事情實在很抱歉，拉吉。可是一旦明白X先生，或是威斯苛（他希望別人這樣稱呼他）為了入侵我的電腦，真的駭進你的電腦，我們就必須遵循標準操作程序處理。意思恐怕就是突襲你們家。」

她繼續解釋，我注意到克勞德就坐在她身邊。他表情沾沾自喜，這件事他**完全**不擔心嗎？

「現在，你有問題想問我嗎？拉吉？」安妮說。

「唔，呣，」我邊說邊搔頭，「你們知道這個威斯苛到底是誰嗎？」

「咪（Me），」克勞德說，「嗚。」

「不知道。」安妮說，往下伸手摸摸他，「可是不管他是誰，都有幾乎無限的計算和程式設計能力。我們對付的有可能是個真正惡意的勢力。」

克勞德開始呼嚕，蹭著安妮的腿。

「哇，邪惡的天才用我們家電腦？」爸說，「好酷喔！我從來沒這麼接近邪惡的天才過。」

「可是他想做什麼？」我媽問。

「威斯苛——抱歉，那個名字真荒謬——悄悄買了一個網絡的衛星，上傳了幾十個加密程式到衛星的電腦裡。這些程式非常複雜，我們還無法破解。不過，我們確實知道的是，它們是設計來更動衛星傳送的電波。」

「真有意思！」媽說，「這個計謀跟這位叫威斯苛的人物之間的關連，你們是怎麼發現的？」

「每個衛星要價十億美金，而且完全以喵幣支付，」安妮說，「能夠拿到這麼多電子貨幣的，只可能是這個貨幣的創始人。」

把我帶進屋裡的探員打斷我們。「班內傑先生和夫人，能把你們的手持裝置交給我嗎？」

「你是說我們的 iPad 嗎？」爸說。

「我指的是你們**所有的**裝置，先生。」他說。

安妮解釋說，我們家所有的電子裝置可能都被駭了，而那個威斯苛可能在上頭留下了線索，這能用來查明他的身分。

　　我爸一臉驚恐。「連我的手機都要嗎？」他說，「你不是認真的吧！等等——電視不會吧？」

　　「電視已經搬走了，先生。」

　　「可是為什麼？」爸說，「那只是個可憐無辜的電視機啊！」

　　「它也有網路的計算裝置。」

　　「咪—嗚，」克勞德說，「咪—嗚、咪—嗚！」然後他蹭上爸的腿。

　　爸驚慌的低頭看著他。「除此之外，克勞德也不大對勁。」

　　「什麼意思？」安妮說，「就我看來，他就是正常快樂的家貓。」

　　「那就是不對勁的地方。」爸說。

第 48 章

　　妖怪們繼續講話，狀況逐漸明朗，探員妖怪跟其他無毛無腦白痴並不會監禁我的任何一個人類。我想，情勢這樣發展，還滿正面的。

　　另一方面來說，我的衛星被奪走，真是令人失望透頂。可是偉大的歇俄密茲國王說過：**輕而易舉就被征服的星球，根本不值得被征服。**

　　我依然擁有無邊的財富，只要我是這星球上最富有的人，我也會是勢力最龐大的。

　　所以，事實上，我**已經**征服了地球。

　　呼嚕。

　　接著，探員妖怪提到一件讓我憂心的事。

　　「因為發生這些事，」她說，「喵幣的價值可能會有所修正。」

　　修正？什麼意思？

　　「唔，我希望不會修正太多，」父親妖怪說，「因為我希望靠那個喵幣，買一件馬里安諾・李維拉的簽名球衣！」

　　我再也無法繼續偽裝成友善的貓族，我用爪子

抓了父親妖怪。他擔心他**那個**喵幣？那我的**幾百萬**喵幣呢！

「噢，克勞德，你狀況好轉了！」父親妖怪揉著他的傷口說。

我匆匆趕到地下掩體指揮中心。雖然敵人還在碉堡裡流連。我挖出了通訊器，檢查「戰利品計算」應用程式。

看到喵幣衝上最高點，我如釋重負。知道自己分分秒秒都變得更富有，我安心的進入冥想小睡。

那天下午我小睡了好多次，直到晚上，都沒被男孩妖怪打斷。悲傷的是，這樣極樂的狀態並沒有維持太久。

「克勞德？克勞德，你在下面這邊嗎？」他呼喚。

我打哈欠伸懶腰，再次瞥了瞥通訊器上的行情應用程式。我看到從未見過的東西。

1 喵幣 = 4.13 分⋯⋯1 喵幣 = 4.08 分⋯⋯1 喵幣 = 4.04 分⋯⋯1 喵幣 = 3.97 分⋯⋯

分？什麼是分？

「妖怪！」我呼喚，「在你們原始的計算系統裡，十億之後就是『分』嗎？」

「咦，不是，」男孩妖怪說，「分的價值比元還**少**。」

我發出一聲哀號，劃破了大氣上層。

「可是，怎麼會發生這種事呢？」

「你應該看看動態消息，」男孩人類說，「每則消息都在講喵幣的神祕創始人，為了邪惡的目的，企圖購買一堆衛星，導致喵幣的價值一落千丈。他們甚至報出你的名字——威斯苛。你出名了！」

我怒不可遏，狂甩尾巴。誰在乎人類世界這種微不足道的名氣！我失去了我的錢——我的權力。我詛咒那個探員妖怪和她對我做的事！現在，她肯定在烤慶祝用的餅乾，對這個「修正」幸災樂禍。我會讓她看到，神勇無邊的威斯苛還沒被打敗！

第 49 章

　　FBI 的風波全都過去之後，我想我以前不曾有過這麼強烈的鬆一口氣的感覺。安妮沒把突襲我們家的事情放進新聞報導裡。她說這是「機密訊息」，我認為這樣棒極了。我從沒經歷過最高機密。

　　當然，安妮沒辦法阻止社區裡的人談論這件事。暴躁的瓦勒斯先生告訴大家，我們因為二手拍賣會要價太高而遭到逮捕。在學校也是。我正要走進學校的時候，聽到有人叫我。

　　「喂，老鼠！」蠍子說。

　　「呃，嗯？」

　　「聽說 FBI 突襲你家，」他說，「從什麼時候開始，當個**魯蛇**違法了？」

　　他望向蝶蛹想一起嘲笑我，可是她卻說，「其實我覺得還滿酷的。」

　　這一次，蝶蛹沒有捉弄我的意思。其他孩子也覺得很酷。就像當初學校的每個人都發現，我認識《美利堅人》漫畫作者時那樣。布洛迪在自助餐廳幫我保留了座位，威廉買午餐請我——**而且**還記得

選素的。同時，其他的孩子問個沒完。

「被 FBI 突襲的感覺怎樣？」

「他們帶了武器嗎？」

「有沒有一路響警報？」

「不公平──我也想被突襲！」

「你有沒有被上手銬？」

「你有沒有被嚇到？」

「你要去坐牢了嗎？」

在中學再次出了名，還滿好玩的，可是我知道這不會持續多久。總之，我真正關心的是，我們家沒人會去坐牢。雖然我的貓不再富有，這點有些可惜，但喵幣大貶值，我受到的衝擊遠遠比不上艾美喬老師。

她那天早上又回到教室，而且看起來很不開心。

「可惡的喵幣！我不得不把我的碎鑽貓咪運動衫，拿到 eBay 網站上拍賣，」她說，「如果你們有人想要，七千美金價格很划算喔。」

我有點替她難過。至少我還能留住我的發光運動鞋，還有我的滑板！

第 50 章

我從日昇小睡中醒來,精神煥發,怒火也重新燃起。對街的探員妖怪正舒舒服服窩在自己的碉堡裡,確定她已經擊敗了我。

可是,今天我會發個訊息給她——警告她永遠別想安心。只要這區的松鼠聽我指揮,想擊潰威斯苛還早得很!

再不久,我就會叫殭屍小卒上工。首先,牠們會嚼穿電線。再來潛入她的交通工具,讓引擎失能。最後,牠們會用牙齒攻擊碉堡,在屋頂啃出洞來,弄到碉堡最後無法住人。

戴上 VQ 頭盔後,我派出殭屍光束無人機,進入多松鼠模式、選擇光束範圍之內、住在樹上的每隻齧齒類動物。我迅速設定牠們的任務,下達指令:

「松鼠:攻擊!」

幾分鐘之內,大群松鼠殭屍降落在女妖怪的碉堡上。噢,能夠控制牠們真是痛快!這些尾巴毛茸茸的蠢蛋甚至不曉得自己被利用!牠們一個接一個開始攻擊。

接著，出了差錯。

連線中斷

連線中斷

連線中…

錯誤訊息一直重複，直到我的每隻松鼠脫離殭屍光束的控制。

突然間，有個聲音透過頭罩傳來——不管到哪裡我都認得出來的嗓音。

「卑鄙的威斯苛！打從我們上次通話以來，轉眼過了許多個月昇！」

眼前浮現了虛擬的 3D 影像，就是極端痛恨我的那個像伙。

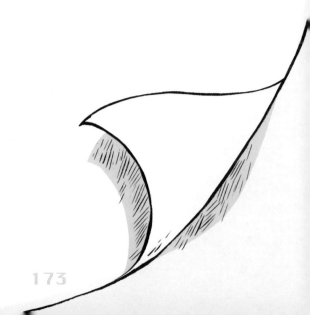

艾克隆 · 麥西默上校！

「是你！」我嚷嚷，「但你怎麼會知道？」

「我們影尾聯盟向來守護著地球上的兄弟姐妹！」艾克隆上校啾啾說，「我們一發現這個惡毒的殭屍光束，便動手追查始作俑者，噢，我真高興有這個機會阻撓你，你這個細尾巴惡棍！」

「我尾巴大小恰到好處！」我說，「雖然你剛剛阻撓了我最偉大的邪惡陰謀，我卻沒辦法對你發怒，因為你是**這麼**的可愛。」

艾克隆上校發出暴怒的尖鳴，對我搖著迷你小掌子。

「你會為這樣的侮辱付出代價！你永遠都別想平靜過活。你竟敢利用我的松鼠兄弟去監視人類！現在輪到牠們監視你！你有什麼話要說，你這個體型過大的長鬍鬚貓族？」

「我有什麼話要說？」我問，「你威脅別人的時候，模樣更可愛了。」

他氣到快爆炸了。接著，他轉眼消失不見，快得跟當初出現一樣。

這樣可能最好。我目前最多只能承受這麼多的可愛。

第 51 章

　　我們所有的裝置都被收走了，我被迫過著沒有螢幕時間的生活。史提夫特別為我難過。「感覺好像有人**死**了一樣。」他說。

　　不過，老實說，我覺得自由了。事實上，我很確定，我永遠不想再玩虛擬真實的遊戲了。

　　「可是，我以為你超級想要 VQ Ultra。」史提夫說。

　　我告訴他，我現在更想要別的。我解釋完是什麼之後，他也想要。

　　「星辰 9000 ？」雪松說，我們到了她家，「你們想要出資，一起買我一直存錢想買的東西？」

　　「對，」我告訴她，「我超愛太空之類的東西。除此之外，我們三個存的錢加起來，現在就買得起了。」

　　「你同意喔？」她對史提夫說，「你的腦袋染到拉吉的流感還是什麼的嗎？」

　　史提夫聳聳肩。「反正我一直沒辦法決定要買什麼。」

回到家，我發現媽在屋裡走來走去，第五次重新整理餐具抽屜，因為她的筆電被拿走了，爸坐在沙發上盯著牆壁，以前放電視的地方。

　　「你們要不要去散個步？」我問。

　　我爸媽看看對方，彷彿聽不懂我在說什麼。接著他們面帶笑容轉過來看我。「好啊！」他們說。

　　我上樓到房間去換運動衫。克勞德正坐在窗台上，盯著屋外樹上的松鼠喃喃自語。那隻松鼠也回瞪著他，表情有點生氣。

　　我猜克勞德其實控制不了牠們。

　　「**艾克隆！誰料得到……**」克勞德繼續嘀咕，「**還有母親妖怪！早該知道的。母親妖怪們真不是好惹的生物。**」

　　「聽來你已經學到教訓了，克勞德。」我說。

　　我也是。當你已經擁有自己需要的一切時，錢就變得無所謂了。我講的不是電腦、手機或虛擬真實頭罩。我講的是家人和朋友。「還有你，克勞德。」

　　「你那種**多愁善感的價值觀**再多來一點，我就要吐出白矮星那麼大的毛球了！」克勞德說，「走開啦，人類！」

「好吧。」我說，
然後跟爸媽一起出門散步去了。

同時……

地點：砂盆星皇宮

「我真不敢相信你剛剛跟我說的。我死敵的**另一個**邪惡陰謀又失敗了？」利牙說，對著通訊器發出呼嚕聲。「那個呆瓜連地球都征服不了？噢天啊，威斯苛竟然已經淪落到這個地步！」

「是啊，他真的很可悲，」艾克隆附和，「但雖然我阻撓了他的計畫，他**還是**對我冷嘲熱諷。在下一場邪惡大帝聯盟會議時，那隻貓最好對我放尊重點。要不然就等著血染毛皮！」

「比平常更嚴重嗎？」利牙說。

「如果他再叫我『小可愛』一次——」

「噢，威斯苛在我們下一次邪惡大帝集會會做或不會做什麼，我想你不用擔心，」利牙說，「因為有隻小小鳥向我通報，威斯苛可要失望了。」

艾克隆瞇起雙眼。「**什麼小鳥**？」

「梅罕米克的邪惡蜂鳥——雷鳴點，」利牙說，「下一次會議的邀請函由他全權負責。」

獻詞

獻給 Christina Hummel 和 2023 班級。

──強尼 · 馬希安諾

獻給我爸爸，向他獻上愛與感激。

──艾蜜麗 · 切諾韋斯

獻給熱愛動物、了不起的藝術奇才，已故的 Laura Diedrick。

──羅伯 · 莫梅茲

故事 ++

邪惡貓大帝克勞德 4：鎖定新目標——征服地球！

文　強尼・馬希安諾（Johnny Marciano）
　　艾蜜麗・切諾韋斯（Emily Chenoweth）
圖　羅伯・莫梅茲（Robb Mommaerts）
譯　謝靜雯

社　　　長　陳蕙慧
副總編輯　陳怡璇
主　　編　陳怡璇
編輯協力　胡儀芬
美術設計　貓起來工作室
行銷企劃　陳雅雯、余一霞

讀書共和國集團社長　　郭重興
發行人兼出版總監　　　曾大福

出　　版　木馬文化事業股份有限公司
發　　行　遠足文化事業股份有限公司
地　　址　231 新北市新店區民權路 108-4 號 8 樓
電　　話　02-2218-1417
傳　　真　02-8667-1065
E m a i l　service@bookrep.com.tw
郵撥帳號　19588272 木馬文化事業股份有限公司
客服專線　0800-2210-29

印　　刷　呈靖彩藝有限公司
2022（民 111）年 08 月初版一刷
定　　價　350 元
I S B N　978-626-314-238-1

國家圖書館出版品預行編目 (CIP) 資料

邪惡貓大帝克勞德 4：鎖定新目標——征服地球！/ 強尼 . 馬希安諾 (Johnny Marciano), 艾蜜
麗 . 切諾韋斯 (Emily Chenoweth) 作；羅伯 . 莫梅茲 (Robb Mommaerts) 繪圖；謝靜雯譯 .
-- 初版 . -- 新北市：木馬文化事業股份有限公司出版：遠足文化事業股份有限公司發行，
民 111.08，184 面；15x21 公分 . --（故事 ++）
譯自：Klawde : evil Alien warlord cat #4
ISBN 978-626-314-238-1(平裝)
874.596　111010554

特別聲明：有關本書中的言論內容，不代表本公司／本集團之立場與意見，文責由作者自行承擔

感謝您購買 **邪惡貓大帝克勞德 4：鎖定新目標——征服地球！**
為了提供您更多的閱讀樂趣，請填妥下列資料，直接郵遞（免貼郵票），
即可成為小木馬的會員，享有定期書訊與優惠禮遇。

為了感謝大小朋友的支持，2022 年 12 月 31 日前，填寫問卷並寄回，
我們將抽出 3 名讀者，就有機會得到小木馬童書一本。

一、基本資料

小讀者姓名：_____ 性別：_____

小讀者年級：□國小　　　年級　　　□國中　　　年級

家長資料

姓名：_____

家長電話：_____　電子郵件：_____

地址：_____

■您從何處得知本書訊息（可複選）

　□書局　□書評　□廣播　□親友推薦　□小木馬粉專

　□特定網路社群 / 粉專　　　　　　　□其他

二、請小讀者針對本書內容提供意見

■請問你花了多少時間閱讀這本書？_____

■請問你覺得這本書的字數如何？□太多字了　□太少字了　□字數剛剛好

■以下形容，何者是你閱讀這本書的心情和感受？(可複選)

　□好笑　□神奇　□意想不到　□悲傷難過　□枯燥　□意猶未盡　□想分享給同學

　□其他 _____

■看完這本書，你最喜歡哪個角色？想跟他說什麼呢？

_____

_____

■請用一句話描述讀完這本書的心情？

_____

_____

請沿虛線對折寄回

廣　告　回　函
板 橋 郵 局 登 記 證
板橋廣字第 001140 號

信　函

231
新北市新店區民權路 108-3 號 3 樓

木馬文化小木馬編輯部　收